契訶夫莫斯科藝術劇院前街景

紅場上的瓦西里教堂

莫斯科城市咖啡館

救世主大教堂

固姆百貨的櫥窗映出對街教堂的金頂

馬雅科夫斯基地鐵站大廳的鑲嵌天花板以詩人的作品為主題

馬雅科夫斯基地鐵站月台以鋼構拱聞名

共青團地鐵站通道

俄羅斯私風景

走過生活，讀過文學

熊宗慧

國家圖書館出版品預行編目（CIP）資料

俄羅斯私風景：走過生活，讀過文學 / 熊宗慧
著 . -- 初版 . -- 臺北市 : 櫻桃園文化 , 2013.04
256+16 面 ; 14.5x20.5 公分 . -- (CF ; 1)
ISBN 978-986-87501-2-8 (平裝)

855 102001867

CF 1
俄羅斯私風景：走過生活，讀過文學

作者：熊宗慧
圖文編撰：丘光
編輯：丘光
編輯助理：楊惠琪
校對：陳錦輝、熊宗慧
攝影：丘光（全部彩圖及標示之黑白圖）
版面設計：丘光（封面及內頁）
出版者：櫻桃園文化出版有限公司
地址：10084 台北市南昌路二段 216 號 5 樓
電話：02-23689651
櫻桃園文化網址：facebook *http://www.facebook.com/vspress*

印刷：喜暘事業有限公司

總經銷：大和書報圖書股份有限公司
地址：242 新北市新莊區五工五路 2 號
電話：02-89902588 傳真：02-22997900

出版日期：2013 年 4 月 30 日初版 1 刷
定價：320 元

Printed in Taiwan

目次

之二　讀過文學

【序】

窗

我有一扇窗，位在一幢古老大樓隱蔽拐角的房間裡，一扇直立式開合的老窗，每次把窗拉起，我得一腳固定在地，另一腳彎曲膝蓋壓在矮桌上，接著雙手拉住窗的扣環，再運勁往上一推，這才能把窗打開；晚上離開房間之前，我又會用同樣的方法把窗拉下，總要氣喘吁吁的，才算結束一天的工作。

這樣的動作我每天重複，像受到詛咒的西西佛斯，只是我很樂於這日夜循環的推窗之舉，否則在這古老大院僻靜的一隅，人會更感孤寂隔絕。

窗開了，順著視線往前，我看見一條灰色的磚頭小徑向前延伸，小徑一邊是夾雜著枯枝落葉的草地，其上種有兩棵彎曲的樹，另一邊矗立著一間長形鐵皮屋，是個腳踏車修理站，那裡從早到晚都有人推著腳踏車進進出出。總的說來，窗外風景春夏秋冬沒有明顯變化，草地樹木一年四季常青，景色儘管有些單調，但每天瞧瞧還是頗為愉悅。

窗外景色最大的變化就是走在小徑上的人群和他們身上的衣著，當女孩身上的裙襬輕盈到足以飛揚之際，也是強勢的馬靴要讓出舞台的時候，那時我知道燦爛的陽光就要來拜訪我的草坪；當男孩身上套著一件厚夾克，雙腳卻穿著一雙夾腳拖吧嗒吧嗒走過，那時我知道連綿的秋雨就要來我窗前報到。

我天天隔窗看著人群行過，這成了我的日常儀式，那些來來往往的面孔我多數不認識，他們也不知道我在看著他們，有些我甚熟悉到可以憑背影認人，只是幾年下來，我和他們的關係依舊僅止於默默關注而已，這不禁讓我想起杜斯妥也夫斯基在《白夜》裡描述過的一種矜持的人際關係：男主角每天都在涅瓦大道上散步，害羞內向的他渴望與人相識，但是在彼得堡這拘謹保守的城市裡，他與每天擦肩而過的人群始終也只停留在「差一點就要向對方點頭致意」這種若有似無的關係上。

我眼前這扇窗讓我回憶起多年前留學時住在莫斯科大學主樓七樓宿舍的窗，一扇雙層大窗，沒有紗網，可以讓我居高臨下探頭俯視，極目望去是連綿一片的杉林與寬廣的天際。

窗外的景色最讓我懷念的自然是冬季，一早起床邊看著窗外的白雪，邊吃黑麵包塗果醬酸乳酪當早餐，配上一杯咖啡，感覺甚是愜意，此時翻翻普希金的《奧涅金》，挑出裡頭關於冬天景象的句子閱讀，思索一下為何作者說女主角塔吉雅娜「獨獨喜歡俄羅斯的冬天，它那清淡素雅的景色，嚴寒時映著陽光的濃霜、雪橇，還有晚霞的火焰、雪野上玫瑰色的閃光，以及主顯節前後傍晚的幽暗」，這就是所謂的「俄羅斯人的靈魂」？

如果按照俄國詩聖的定義，要擁有「俄羅斯人的靈魂」似乎說難不難，說簡單也不簡單，就是要能品味俄國冬季「清淡素雅」之美的哲學，塔吉雅娜住鄉下，上述描寫的正是鄉下冬景，相較之下，城市冬景因為有建築物和燈光加持，顯得璀璨華麗，卻偏離了普希金盛讚的「清淡素雅」的正道，想想我住在莫斯科四年，真的也沒見過「雪野上玫瑰色的閃光」，不過多虧了我宿舍的窗，位在莫斯科西南區地理位置最高的麻雀山上，讓我在冬季每天都能看到窗外杉林枝椏上垂壓著一團一團沉重的白雪、停在料峭枝頭上的寒鴉、淡青色的無垠天空，鼻中吸著那冷冽的空氣，雙手搓揉著凍紅的手指，這些都是至今我無法重複的俄國回憶。

我想這些在俄國生活過的日子，以及閱讀過的文學經驗多少讓我也擁有「俄羅斯人的靈魂」吧，其實在俄國的日子過得太匆匆，就像詩人維亞澤姆斯基公爵說的「急於生活，來不及感受」，那段異國生活之於我生命的意義卻是在離開這

托爾斯泰在莫斯科故居客廳的一扇窗（丘光／攝），可以想像這位大文豪與契訶夫、高爾基、列賓或拉赫曼尼諾夫在這裡談生活論藝術，而夫人索菲雅在家事之餘會到旁邊另一扇窗校對小說《復活》的稿子。

北方之地後隨著回憶發酵才慢慢理解。

這部新集子裡收錄了部分我在第一本書裡的文章，加上這幾年我陸續發表在《人本教育札記》、《聯合文學》、《印刻》、《誠品好讀》等雜誌，以及《國語日報》上的作品，另外某些片段是我在回憶縫隙中篩出的文字，現在我把它們集結成冊，要與讀者分享，這些文章缺乏旅遊指南之類的必要常識，也不是如文學史那般條理分明地將俄國文學經典一一羅列，但它們是我異國生活回憶和文學體會的結晶，我始終認為那些篇章裡同時存在兩種時空——我在台灣的生活與對俄國的回憶，兩者的界限其實已經不可分，這讓我能在台北炎熱的七月天裡揮汗寫下俄羅斯冬季印象，又在靜謐咖啡館中敲出革命紛亂歲月中俄國作家乖離命運的悲歌，就連對俄國文學的體會，很多也是回國後漫步在台北街頭或是在與友人聚會聊天時豁然開朗的領悟。

兩個時空體交融在這本集子裡，構成我的俄羅斯私風景，我本希望能寫得更盡善盡美，但是時間總是不停追趕，我只好停下打字的指頭，把文章交出。現在它在您的手上，還請笑納，閒暇時翻翻，若有勾起您的異國回憶，倒也不錯，若是引起感傷，還請見諒，若是能增添您生活的樂趣，則是我的榮幸。

民國一〇二年四月七日於台北

之一

走過生活

莫斯科的衝突與矛盾

莫斯科是一個充滿矛盾與衝突的城市，走在城市的任一角落，總見新舊建築並列、東西風格雜存，稍嫌紊亂的景觀是這個矛盾城市最顯而易見的部分。莫斯科之所以顯得如此複雜，當與其歷史發展有關，古俄史籍首次提到莫斯科是在十二世紀初，當時是蘇茲達爾王公與契爾尼戈夫王公進行談判的地點，從那時起到現在，城市已有八百多年的歷史，其間歷經蒙古桎梏、帝國極權、共產統治到現今的民主時期，然而歷史更迭的過程遠非平順延續，卻是翻騰轉折，為這古城留下滿是矛盾衝突的烙印。

以紅場而言，這是一個常令我感到迷惑的區域，因為在這不大的範圍內並立著多個意義上相互衝突的景觀，一是那座蘇維埃時期所建階梯狀金字塔的列寧陵寢，特意選在一九一七年十月革命殉難者的埋葬地點附近，以彰顯革命的神聖之意。陵寢的造型乾淨俐落，給人冷冽之感，讓謁陵者不自覺靜肅沉默。然而，只要一走出陵寢外，斜對角的瓦西里教堂立刻以它五彩繽紛的洋蔥頂將遊人的思緒拉回到沙皇極權時期。這座十六世紀恐怖伊凡所建的教堂，原本目的是為慶祝戰勝喀山汗國和彰顯民族勝利，因此在造型和色彩上特意傾向誇張和俗麗，以傳達熱鬧的氣息，這便和列寧陵寢在目的上起明顯的衝突。

但紅場的矛盾不只於此，另一邊的「固姆百貨」所散發的商業氣息也衝擊這原本已經複雜的區域。固姆百貨在帝俄時期叫做「上層商場」，本身是一幢混合歐洲與俄式木造風格的大型建築，白牆黑頂的外形呈現華麗而細緻的風采，和列寧陵寢紅黑相間的低調風格與瓦西里教堂的繽紛色彩形成強烈對比。從固姆百貨往對面望去，輕易便可以看見克里姆林宮內那棟有著東方特色圓屋頂的部長會議大樓，大型商場倚在政治中心旁，雖無不可，但總讓人感到奇怪，幸虧克里姆林宮那道又厚又高的紅牆，巧妙地阻隔，甚至平衡了兩個衝突的世界。

紅場區所呈現的衝突現象並非單例，許多莫斯科的大街小巷都可以見得。以紅場旁的拉辛街為例，沿這條滿溢歷史氛圍的老街走去，少說也能看見五六個不同時期、造型各異的教堂與修道院，可以想見自古以來多少虔誠的信徒前來此地朝聖。只是令人訝異的是，緊鄰這排教堂之旁就是一棟體積碩大無比、線條生冷剛硬的現代「俄羅斯」飯店，當初飯店的設計者以此地可以飽覽莫斯科市區風光

固姆百貨（GUM：國營百貨或首要百貨的縮寫）的標誌（丘光／攝）。

為由，強行將這棟白色的鋼筋水泥蛋糕安置在這個被教堂與修道院圍繞的靜謐區間，不僅沒有增添周遭景致的美感，反而突顯當局者粗魯和霸道的心態。尤其夕陽西下之際，當所有教堂謙卑地隱沒於暮色中，唯獨飯店頂端大大的「俄羅斯」一字閃耀出黃銅色的冷光，更令人覺得分外刺眼。①

不過莫斯科的衝突與矛盾並非僅由於政治因素，其民族性裡就有這樣的傾向，關於此點，十九世紀傑出詩人巴秋什科夫在〈莫斯科遊逛〉一文裡已經提到：「莫斯科的建築與居民的道德呈現出罕有的衝突性。此處的富人與乞丐、奢靡與赤貧、篤誠信教與無神論思想、古老保守與浮躁輕佻，就像彼此仇視的自然現象一般，處在永恆的不妥協之中，並由此形成這麼一個不可思議、無理可循的巨大整體，稱作莫斯科。」

如果能夠了解莫斯科「無理可循」的特質，或許就不會對它的缺乏規劃失望，甚至還能感到自在隨意。托爾斯泰在這一點上，就未苛責過莫斯科，試看他在《戰爭與和平》裡的描述：「驅車進城（莫斯科）時，看到金光閃閃、燭光輝煌的伊維爾教堂，看到克里姆林宮前廣場上潔白無瑕的新雪、馬車夫和弗拉日克（貧民區）的棚戶，看到那些安度餘年的老頭兒、老太太、莫斯科貴婦，還有莫斯科的舞會和英國俱樂部，他（皮埃爾）就覺得回到家裡，回到了平靜的棲身之所。他

①編按：俄羅斯飯店於 2006 年關閉，目前已拆除。

在莫斯科感到寧靜溫暖、舒服骯髒，就像穿上一件舊睡袍。」托爾斯泰的莫斯科是一個宮殿、教堂與貧民戶安適共居的城市，這種神聖與卑屈、整齊與髒亂的兩極衝突，在托爾斯泰看來，與其說是追求極端的民族性所致，不如說是懶散閒逸造成的結果更來得恰當。

不過並不是所有作家都能對這樣的消極抱持寬容的態度，契訶夫似乎就不以為然。一八七九年，契訶夫從南方小城北上莫斯科求學，在弟弟的陪同下，他來到市中心莫赫瓦亞街（青苔街），參觀即將就讀的莫斯科大學（今日的莫斯科大學舊校區）。他原本預期會見到一個引人翹首讚嘆、崇高神聖的科學殿堂，不意出現眼前的卻是一棟狹隘、壅塞、到處脫漆的黃色古典建物。契訶夫當時感到失望，這失望之情並未隨著時間而消逝，反而在多年後的作品《無趣的故事》裡藉厭世的老教授尼古拉・斯捷潘維奇之口說出：「哎，就是這麼一道陰暗且年久失修的大學門，還有那個穿著皮襖、一臉無趣的看門人，以及那根掃帚和雪堆……從那位初來乍到的外省年輕人臉上看得出，他正疑惑科學殿堂怎麼是間大教堂，而那道大學門怎麼看都無法讓人產生好感。總的說來，大學路老朽破舊、長廊陰森恐怖、牆上一片燻黑油印、光線微弱，還有樓梯間、掛衣架和長條椅的那股頹廢樣，這裡一切早早就預示出俄羅斯有悲觀主義的傾向……」

契訶夫的話頗值得深思，他似乎是藉著突顯莫斯科大學頹廢的一面以點出俄羅斯民族對悲觀主義的傾向，或許，也不無提醒同胞應朝樂觀的方向前進之意。

時間奔馳，從不停下腳步，但許多古城卻早已不復當年勇，只想安安靜靜地定居在歷史舞台的一角，可莫斯科就像懷著某種偉大抱負似的無法習慣謙遜和寧靜，它不斷向前、不斷求變，在進入二十世紀後變動的幅度更是驚人。諾貝爾文學獎得主布寧晚期的作品《幽暗的林蔭道》裡就有多篇故事獻給二十世紀初充滿詩意和矛盾衝突的莫斯科；象徵派詩人布留索夫則為莫斯科勾勒出一幅大都會的風情。到了蘇維埃時期，那個無處不充斥著共產黨員、ＫＧＢ探員和告密者的莫斯科，被作家布爾加科夫以超現實的荒謬和譏諷筆法表現在《大師與瑪格麗特》裡；二十世紀末，莫斯科竟成為當今最光怪陸離城市的代表，它巨幅變動的能力和它承受痛苦的耐性一樣驚人。

我不禁想起維克多．葉羅菲耶夫的小說《俄羅斯美女》，這部被稱為是俄羅斯後現代文學代表的作品裡描寫的是一九九〇年代以後的俄國，一位二十歲出頭的美麗女主角不遠千里從外省小城來到首都莫斯科追求愛情，什麼樣的愛情須得在莫斯科才找得著？自然不是普通、平淡、庸俗的愛情，而是一場轟轟烈烈、偉大體面，還要有深度的愛情，如此才配得起經歷過兩次失敗婚姻，但對愛情仍充滿憧憬、對慾望難掩饑渴、對純潔滿懷嚮往的女主角。的確，不是在外省小城，只有在首都莫斯科才會有各種難以想像的奇遇，才有機會在俱樂部、宴會、派對和高級飯店裡認識各式各樣的人，小從研究生、車廠經理、地區領導幹部，大到報社記者、主編、知名作家、音樂家、駐外大使到名流權貴等既有頭有臉又富創造才能的人物，以及更多只有外表光鮮的無賴和騙子。這是一場愛的大冒險，不只有俄國人，法國人、美國人、荷蘭人、中亞人都加入這場歷險記，共同攪和著莫斯科這灘已經夠混濁的污水，而能夠拯救、淨化它的，竟是女主角那足以令所有男人女人都感到驚豔、感動的美，美能夠拯救世界（杜斯妥也夫斯基著名之語），美也能夠拯救死亡，好一朵開在墮落、淫亂又善良崇高的荒謬莫斯科的惡之華！

時至今日，在俄國全力朝向資本主義發展時，作為全國政治和經濟中心的莫斯科所呈現的資本主義之惡也最為明顯，或許對旅遊者而言，今日光輝絢爛、霓虹閃爍的莫斯科代表著俄國走向世界、走向進步，但了解俄國的人都知道，此刻俄國正面臨另一場衝突與矛盾的內部戰爭，大富與赤貧的兩極分裂、奢華與質樸的對立、唯利是圖挑釁固有道德、虛無對抗信仰，而這一場戰爭並不是從蘇聯瓦解後才開始，從上一世紀初象徵派熱衷揭示上帝與惡魔、善與惡的二元鬥爭就展開。再往上追溯，從十九世紀的浪漫主義作家與寫實主義作家的筆中見得，從十八世紀第一位知識分子拉季謝夫向專制政體發出憤怒的吼聲就知道，從更早以前，古羅斯①時期起，這場衝突與矛盾的戰火就已經點燃，對俄國人而言，這場持續不斷的爭戰未嘗不是驅使他們走到現在、走向未來的動力。

①編按：俄羅斯古稱羅斯。

紅場上象徵燭光璀璨的瓦西里教堂洋蔥頂（丘光／攝）。

老街和無軌電車

莫斯科的市街樣貌，簡單說它近似同心圓，圓心是克里姆林宮，市區就是以克里姆林宮為中心逐步向外一圈一圈擴展。古時候，這一圈一圈是城垣，隨著城市擴張，如今城垣已成歷史遺跡，在遺跡外圍則建立起更大圈的環形道路，第一圈為內環道路，也叫環形林蔭道，說它是環形道其實有點勉強，因為它看起來不怎麼圓，凹凹凸凸地分成好幾個路段，像是果戈里林蔭道、尼基茨基林蔭道、特維爾林蔭道等等，與其說環形林蔭道是按設計圖的規劃所建，還不如說是隨著城市的發展自然形成更恰當。環形林蔭道外，是更大一圈、經過整體規劃而建的花園環形道，之外還有更大一圈的環市道。這一圈圈逐步擴大的環形道總讓我聯想起石子投入靜水中所激起的陣陣漣漪。

穿越這圈圈漣漪，並把它們聯繫起來的是大大小小的輻射幹道及橫向連絡道，包括寬闊的列寧大道、特維爾街、新阿爾巴特街，還有穿梭其中的老街小巷，如莫赫瓦亞街、沃爾宏卡街、大尼基茨卡亞街等。和大道相比，我更喜歡走在老街上，沿路上的巷弄轉角或是頹圮破落的建築物似乎都充滿著歷史和故事，儘管身邊沒有熟知城市歷史的老莫斯科人伴隨，自己胡亂想像一番也有無限趣味。我記得曾在一個冬日的清晨走過一條老街，家家戶戶都還睡著，整條街靜悄悄的沒有聲息，只聽得到我自己的腳步聲，還有積了一夜的融雪沿著屋簷和外牆水管滴下的聲響，叮叮咚咚的，彷彿一曲柴可夫斯基的曼妙樂章。

莫斯科有些老街的名稱很有意思，以莫赫瓦亞街來說，其俄文原意是「青苔」，這種青苔晾乾後可以用來填塞門窗的縫隙，有效防止寒風竄入；古時這條街滿是販售這種乾苔的店家，因此得了「青苔街」的名稱，如今莫斯科人已不用乾苔防寒，販賣乾苔的店家早已消失，只留下街名供人想像。像莫赫瓦亞街這樣有歷史典故的老街在莫斯科市中心隨處可見，例如鐵匠橋街，好幾百年前是鐵匠上工必經之橋，如今橋拆了，原來的位置上林立著一間間電器商店、音樂行、菸舖和看起來有些髒亂的酒吧，「鐵匠橋」街的一切早已人事物全非。

莫斯科人喜歡散步，經由散步來認識城市。我來這裡之後也喜歡上散步，但是莫斯科太大了，兩隻沒有受過訓練的腳走上兩三小時之後就完全不聽使喚，這時就讓大眾交通工具帶領我探知這個城市吧。到莫斯科之前，我熟悉的只有公車，之後，則多了有軌電車和無軌電車的記憶。關於有軌電車存在的歷史應該可以追溯到十九世紀末、二十世紀初，只是那時不是用電力驅動，而是用馬，馬沿著鐵軌拉車，因此只能稱為有軌馬車吧。

至於無軌電車的發展較晚，在莫斯科已是二十世紀三十年代以後的事了。無軌電車需靠電力發動，電力來自與車廂頂部電纜線相連的電力供應線，這些電線布滿莫斯科市中心的上空，縱橫交錯地將城市景觀切割成一個個不完整的片段，多少妨礙了人們的視線，也破壞了市容。但是無軌電車不會像公車和汽車一樣製造廢氣污染，又因為沒有軌道限制，它較有軌電車還來得更靈活，加上現在環保意識旺盛，整體看來，無軌電車仍是值得稱許的交通工具。

我每次佇立站牌前等候無軌電車時，從大老遠就會看到單節或兩節車廂的無軌電車在電纜線的引導下，溫馴地按著固定的導線緩緩行進，然後它就像一隻善解人意的毛驢在站牌前停住，默默等著乘客上下。無軌電車開動後，總按既定路線行駛，它不會超車、超速，不會隨意變換車道，更不會像公車那樣發出惱人的噗噗噗——噗噗噗的引擎噪音，它總是靜靜地走著，一路上只有幾聲機械操作時發出的卡噠——卡噠聲響，聽著那聲音，人不自覺會打起盹來，恍惚之中，這卡噠——卡噠聲彷彿是來自未來的訊息。

不過，搭乘無軌電車也會遇到小小的波折。有時車子行駛到一半會像零件卡住般突然停住，這時司機會走下車，來到車廂後，拿出一根竿子，用竿子將車頂的電纜線鉤上鉤下一番搭上導線，車子才又繼續開動起來。

我喜歡坐無軌電車到朋友家作客，只要一上車，不自覺就會被窗外的風景吸引，蘇聯瓦解後的這十年間，莫斯科市容變化急速，老莫斯科人固然對城市的變化免不了品頭論足一番，像我這樣的外國人也是看得興致盎然，像外商百貨公司四處進駐，資本主義特有的廣告招牌也越來越多，特維爾街上那棟醜陋的 Inturist 旅館終於被拆掉了，救世主大教堂又重建了，還有二十世紀初新藝術時期的建築物一棟棟進行整修……莫斯科的面貌每天都在變，不斷有新事物加入，也不斷有舊東西消失。相較於此，無軌電車倒是沒有什麼變化，路線照舊，時間一樣，它的不變對照莫斯科市容的多變，反而給予市民心中一份可貴的安定感。這種溫暖和安定感曾被彈唱詩人奧庫扎瓦（Bulat Okudzhava, 1924-1997）在他一九七○年代所寫的詩歌〈深夜的無軌電車〉中描述過：

每當痛苦難耐，
每當絕望來臨，

我坐上藍色無軌電車，
無論是最後一班，
或是任何一班。

深夜的無軌電車，在街上飛馳，
繞著環形街一圈又一圈，
只為了收留那些，在夜裡遭遇
不幸的人，
不幸的人。

深夜的無軌電車，為我將門打開！
我知道，就在寒冷的夜晚
你的乘客們——你的水手
會前來
伸出援手。

無軌電車（丘光／攝）。

他們不只一次讓我遠離痛苦，
他們和我肩並肩……
誰能知道，那麼多的善意
卻是默默不語，
默默不語。

深夜的無軌電車環繞在莫斯科，
莫斯科，像一條河，漸漸靜了，
而疼痛，如椋鳥敲打著太陽穴，
也漸漸停息，
漸漸停息。

這就是無軌電車，從以前到現在，它溫馴依舊、沉默依舊，帶給乘客的溫暖依舊。

金頂天際線

莫斯科的天空低平廣闊，天空和雲朵的區分不若南國那般明顯，或許因為如此，俄國人喜歡在最接近天際的地面建築物——教堂的頭頂上動手腳，於是一顆顆金黃耀眼、五彩繽紛的洋蔥頂便紛紛出現，讓單調的莫斯科天空多了些璀璨的勾勒。洋蔥頂，指的自然是東正教教堂的圓頂，它們有些是單獨一個，也有三個、五個、九個，甚至多達十二個的組合，環繞在教堂之上，競相爭豔。問一問莫斯科人，哪一座教堂是他們的最愛，答案包準各不相同，但不管是克里姆林宮內聖母升天大教堂的古拙金頂，還是宮廷教堂那一群有著細長頸的小洋蔥金頂，抑或是紅場上瓦西里教堂那俗豔的七彩洋蔥頂，都不愁沒人喜愛。

歷代沙皇都愛建教堂，為的是誇耀政績和彰顯權威，只不過他們不敢掠上帝之美，總要謙遜地將地面的榮耀歸於上帝，如此方能獲得民眾的信任。

蘇維埃時期奉行無神論思想，俄共中央下令搗毀教堂，這波破壞運動的高潮在一九三一年，位於莫斯科河岸的救世主大教堂在爆炸巨響中粉碎。這座有著巨大金頂的宏偉教堂是為了紀念擊退拿破崙入侵所建，費時五十年，於一八八三年完成。教堂的落成是帝國、宗教和皇權凝合的象徵，而它的毀滅，則代表對這些權力的嘲諷和羞辱。

炸毀的教堂基地因故一直荒蕪著，一九五八年赫魯雪夫決定在這片廢墟上建一座世界最大的游泳池，讓市民可以在這塊過去的聖地上享受使用的樂趣。直到一九九○年游泳池關閉為止，這裡不分四季曾是莫斯科人游泳和消磨時間的好去處。

然而蘇聯垮台了，掙扎於共產主義神話幻滅和現實殘酷困境之間的莫斯科市民顯得無所適從，於是聰明的魯茲科夫市長想出了「一人一盧布重建救世主大教堂」的點子，重新藉基督教思想來填補後蘇維埃時期人民心靈的空虛，同時凝聚自己的政治實力。於是救世主大教堂就像大衛的自由女神魔術秀一樣，歷經從有到無，又從無到有的神奇過程，在兩千年時又重新出現在莫斯科人的眼前。

當教堂還叮叮咚咚趕建時，我和朋友就先在開放區漫步觀賞，走在它寬廣的基台上，風獵獵吹著，我感到不可思議，很難想像在這基台下曾存在過一個游泳池，而游泳池之下又遺有教堂的痕跡，一切顯得虛幻而不真實。漫步之間，我走進一間小廳，看見空蕩蕩的白色水泥牆上出現一片滲水的痕跡，還有不少油漆塗抹不勻之處，應是搶快修建導致的施工粗糙。

離去教堂之際，我在跨過門檻的剎那間放慢了腳步，忽然想起阿赫瑪托娃的一首詩：「從高塔之上，我俯望一切／好像重新揮別／那早已揮別的過去／彷彿再次受洗／並從陰暗的教堂拱門走下。」行過教堂、穿過拱門、走下階梯，我細細體會詩中的意境，不覺也感受到一股宗教淨化的力量。只是當我再回顧救世主教堂時，總覺得眼前這一座嶄新華麗、金光閃閃的宏偉教堂，似乎少了些更能令我感動的樸實和內斂。

救世主大教堂的外牆（丘光／攝），這裡大大小小的明拱與盲拱，連續串成一段感知式的符號。

蘇維埃天際線

莫斯科有著名的七棟塔樓式建築，分別是莫斯科大學、烏克蘭飯店、庫德林廣場塔樓、外交部、列寧格勒飯店、紅門廣場塔樓和科捷利尼基堤岸塔樓。這七座塔樓皆建於史達林時期，代表當時蘇維埃的美學風格，外形高聳龐大，尤其每個塔樓頂端都有一根金屬尖頂，看起來就像七位手執長槍、守護莫斯科天際的武士，不但讓七塔樓的風格歸於一致，甚至還搶了不少教堂金頂的風采。

七座塔樓裡我最熟悉的就是莫斯科大學，因為我曾在那兒住了四年。莫斯科大學主體的平面結構呈H形，中央主塔樓高兩百四十公尺，相當巍峨，但並不給人孤寂之感，因為從主塔樓兩邊向外延伸出去的側翼還有四棟樓，它們和主樓相通，是教授和學生宿舍，據說，裡頭總共有五千個房間哩！如果每天換一次房間，十年也看不盡窗外的風景，還好我沒這麼大的宏願，四年裡雖換了三次房間，但只是在同一棟樓的同一層裡移進移出而已。

緊鄰莫斯科河岸的科捷利尼基堤岸塔樓（丘光／攝），作為住宅大樓之用，設有郵局、商店、電影院，以及700間公寓，其中包括著名芭蕾舞者烏蘭諾娃（G. Ulanova, 1910-1998）的住所。

塔樓宿舍裡多是套房，每一個套房分兩小間，扣除共用的衛浴間和過道外，每間房不過三四坪大，還要放置一張稍胖一點的人翻身就會滾下的窄床、一張書桌椅、一架書櫃和衣櫃，空間相當狹窄，許多人住不到一年半載便搬出主樓，遷移到其他空間更大、租金更便宜、管制更鬆散的學生宿舍。可是，我終究留了下來，沒有搬離塔樓宿舍，原因是——我想了好久才得出的結論——塔樓宿舍挺有特色的，而且這個特色獨一無二，讓我能夠抗拒其他條件的誘惑而不搬離。

記憶中，每次從大學地鐵站返回宿舍時，一邊走一邊就會抬頭遙望莫斯科大學塔樓，霎時心中便湧上一股回家的感受，對異鄉遊子而言，這種安全感不啻是一種溫暖。住在這座城堡裡，好處當然不只安全而已，還有就是享受它完善的設備。莫斯科大學有自己的電力供應系統和獨立的通訊設備，從這一點來說，它是一個獨立的城堡。城堡的主塔樓裡除行政中心和數個科系外，餐廳、小吃吧加起來不下十多個，博物館有四個，另外圖書館、電影院、劇場、音樂廳、游泳池、郵局等設施也一應俱全。某次前去聆賞指揮家斯維特蘭諾夫領導的交響樂團在莫斯科大學演出，這才知道主樓音樂廳之豪華，包括比照波修瓦劇院設置的環形座位區、璀璨的水晶吊燈、金碧輝煌的牆面裝飾，舞台上繡著鐮刀與鐵鎚圖樣的絳紅色帷幕，還有專為貴客光臨而設計的特別包廂座……在這音樂廳裡我看到的是蘇維埃式的奢華和絢爛。

這真是一個奇特的住宿環境，整個學校到宿舍都瀰漫著一種氛圍，一種在俄國當地都日漸稀薄的——蘇維埃式的氛圍。每次我從越來越多的百事可樂看板和麥當勞招牌占據的莫斯科市中心返回塔樓宿舍時，我就越對這裡一種時光靜止的氛圍感到訝異，從天花板上吊燈散發的陰暗光線、牆壁的顏色、厚重沙發上浮著的細灰、窗上掛著的白色窗簾，到地板上那塊陳舊的紅色地毯，這裡每樣東西都容易讓人想起那個才消失不久的朝代，而這種昔日風情竟也成為塔樓宿舍的一種魅力。誰知道在什麼時候，或許就在不久的將來，這種蘇維埃式風情又會再度流行呢？

克里姆林宮的牆

克里姆林宮在歷史上以防禦聞名，這點從圍繞它的那道紅牆可以感受一二。這道城牆大致呈三角形，牆的兩側種有濃密的樹林，將克里姆林宮層層圍住，古時候除了城內人自行打開城門外，恐怕只有飛鳥才越得過這道牆了。圍牆的三個端點建有圓塔，其間還分布有城門塔樓和戍衛塔，加起來共二十座，每座塔上皆開有多個槍眼，分秒不歇地監視著牆裡牆外的動靜。

作為歷史古蹟，牆被維護得很好，看起來堅固、厚實、完美。圍牆的功能當然是用來防衛，但隨著城市發展，它同時也作為區分居民的社會階級之用。牆的內部就是克里姆林，這裡是古時沙皇的居所，也是政治和權力中心，時至今日它依然是俄羅斯總統的辦公處。然而其實，根本沒有一座宮殿叫做克里姆林，俄文裡，「克里姆林」（Kreml）意為「城寨」，最早是一座由柵欄圈圍的防禦要塞，這樣的要塞在俄國各地都有，也都叫做克里姆林，只不過世人所熟悉的，僅有那

克里姆林宮的牆（丘光／攝），全長超過兩公里，這面牆左端的鐘塔是紅場上的著名地標——救世主塔樓。

個位在莫斯科的克里姆林。

克里姆林宮總讓人好奇，即使在它已經對外開放之後，那些宮殿、教堂、沙皇砲和沙皇鐘都已為人熟知，可是這種熟悉彷彿仍隔層紗，我想，這是因為那道牆的緣故吧，一牆之隔，確實會在人的心裡隔出神祕和距離。某天夜裡我從克里姆林宮堤岸街經過，偶然抬頭，發現從牆外街道仰望牆內的伊凡鐘樓、大天使教堂和聖母升天大教堂會獲得另一種不同的感受：這些白石教堂和它們的金頂在黑夜的燈光映照下顯得格外挺拔，就像是一群身披白銀戰袍、頭戴鍍金頭盔、守護克里姆林宮的斯拉夫武士。

相較於牆內的肅穆森嚴，牆外的世界顯得熱鬧許多，這裡就是紅場，是開放區，一般民眾可隨意在此散步、聊天、吹風、吃冰淇淋……。「紅場」在古時意為「美麗的廣場」，對莫斯科人而言，紅場的一景一物都有歷史價值，它曾多次慘遭祝融、被敵人的鐵騎蹂躪；它既是沙皇和人民溝通的地方，也是市民宣洩不滿的暴動處和執行死刑的場所。紅場上的每塊石頭似乎都為鮮血浸透，它承載的其實是俄國沉重的歷史。

除了西南面和克里姆林宮以牆相隔外，紅場沒有牆，可是仔細看，那三棟著名的建築物——紅磚銀瓦的歷史博物館、五彩繽紛的瓦西里教堂和固姆百貨，恰恰就位在紅場的另外三面，形成一道無形的牆，而這其中就是紅場的範圍，走過它就會進入另一個區域——基塔城（Kitai-gorod）。基塔城是古莫斯科的商業區，城裡集中了無數的鐵匠、陶工、首飾商和貿易商場，一向是熱鬧非凡。但不知怎麼，現在的基塔城有一種繁華落盡的寂寞，沿著古老的小巷行走，一路上那些教堂和歷史宅邸皆悄無聲息。

走著走著，不覺中我眼前出現一道紅磚圍牆，原來這是古基塔城垣的殘餘遺址。我看著這道高聳的斷垣，彷佛感覺牆上的槍眼正嚴厲地注視著我的舉動，似乎不管歷史更迭，那牆只要一天存在，都會這樣不懈怠地執行守衛的任務。

早安，莫斯科

一個人要怎樣面對複雜的現實生活，似乎是個值得討論的課題。當我飛越半個地球來到莫斯科，站在寬闊筆直的列寧大道上，內心一片荒涼，這問題便自然浮現。我當然可以選擇往擁擠的人群走去，暫時避免問題的騷擾。但一年一年匆匆過去，當我回頭想釐清時間是怎麼流逝的，腦中卻是一團紛亂。那感覺像是舉辦了一場熱鬧的嘉年華會，擾攘的人來人往，帶走了任何可能的時間空白。然而嘉年華會的喧囂總在突然間寂靜下來，所有人都匆匆離去，只遺落一地無語的面具。他們都去哪兒啦？沒人回答我。這時不知從哪冒出一個紅色侏儒①，狠狠敲了下我的頭，說：「笨蛋！已經曲終人散了，妳還不回到現實生活。」紅色侏儒說完後就消失無蹤，我呆望著四周的黑暗，腦袋裡只有一個念頭：我最好也趕快回家，別再在路上逗留。

一覺睡醒後，心中空蕩茫然，想不起任何事情，我決定先到學校喝杯咖啡再

①作者注：紅色侏儒的靈感來自俄國象徵派詩人布洛克（A. Blok, 1880-1921）的「城市詩組」之四〈欺騙〉。

說。人文大樓的學生食堂分設在單數樓層，它存在的事實就是它唯一的優點。我手裡握著粗糙的玻璃杯，喝著像中藥一樣苦的咖啡，耳朵邊聽著 Espresso 咖啡機發出的噪音，邊想，起碼這裡給的還不是即溶咖啡。環顧這間簡陋的小食堂，我開始考慮侏儒所謂的「現實生活」。想來想去，所謂現實生活應該可以解釋為面對問題，而我所面對的問題截至目前為止都無法解決，但最受時間限制的應該是寫論文這件事。是該動筆的時候了，我應該先到圖書館蒐集資料，將資料加以分類、整理再分析，然後就可以開始寫。話雖如此，但不知怎麼卻遲遲無法下筆。我想我還缺了一樣東西，什麼東西？靈感嗎？寫論文需要靈感？這問題我真是無法回答自己。

為了解決問題，我養成散步的習慣。午後散個步來尋找靈感，這簡直像在創作而不是寫論文，但我的確是以這種心情來看待即將落筆但實則毫無頭緒的文章。突然間，一股強烈的念頭湧出：我需要一家咖啡館！這念頭一日比一日強烈，但環顧整個莫斯科市，我懷疑能否找到一家合適的咖啡館。俄國沒有咖啡文化，在此處咖啡不能構成開館的條件，它只能附屬在餐廳、食堂和小酒館之下，連茶都比咖啡要來得受歡迎。

為了尋找一間合適的咖啡館，我留連於莫斯科街頭，只要看見寫有「кафе」

布洛克的首部詩集《完美的女士》書封（1905 年版）。1903 年布洛克與與門捷列娃結婚，她是著名化學家門德列夫的女兒，也是這本《完美的女士》的女主角。

字樣的店我都會忍不住進去探望一下。這種意為咖啡館或是小餐館的地方，裡頭多只供應沙拉、冷食、甜點和飲料，店員小姐半垂的眼皮顯出「本店不歡迎你，快快給我離去」的神情，但我仍然決定厚著臉皮走進去。點了杯黑咖啡，站在立式小圓桌旁，我手中的咖啡憂鬱又苦澀，加上陰暗的燈光，氣氛真是冷冽。我看著周圍的俄國客人，大多沉默地喝著熱紅茶，無語地吃著冷食，吃完後便迅速離去。他們彷彿告訴我，咖啡館不是個該留戀的地方，回家去吧。

我禁不住頹喪地走出這間小「кафе」，走出這條破落的小街，心中問自己究竟想在這裡尋找什麼？我拖著疲倦僵硬的步伐走到特維爾街上，那些掛著「кафе」招牌的小店已不再吸引我了。來到馬雅科夫斯基地鐵站附近，柴可夫斯基音樂廳旁不知什麼時候出現了一家「法國糖果屋」。我走進去坐了下來，點了杯法式牛奶咖啡，馬上就獲得了理所當然的溫暖，但看著身旁一個個穿著昂貴貂皮大衣的新俄羅斯人，總覺得這個咖啡館不適合我。走出店外，來到阿爾巴特街，這條藝術大街上充滿著自由開放的氣息，多少和緩了我緊繃的情緒。突然間我看到一個再熟悉不過的招牌「Doutor」，莫斯科竟也有「羅多倫」！而且是當地最貴的一家咖啡館，那什麼時候我會看到「Starbucks」①？看到這種連鎖咖啡店出現在莫斯科，心中雖然感到一種熟悉的親切，但更多的卻是無力感。

①作者注：星巴克咖啡館（Starbucks）在 2007 年才開始進入莫斯科。

尋覓咖啡館的過程讓我越來越不耐煩，但疲憊的腳步跟不上紊亂的心思，一不留神腳底一滑就跌倒在結冰的路上。橫躺在冰上我失魂地想：生活怎會如此空蕩無緒？學業、朋友、情感、未來，一切都亂得沒有條理。我艱難地爬起身，而周圍沒有一人肯為我停下腳步，好不容易我慢慢站起，才踏出一步，差一點又滑倒，只得把腳步放得更慢，逐漸我才抓住身體在冰上移動的節奏。有了律動的節奏，冰上行走也不再那麼困難。是的，節奏，生活應該也要有節奏，那似乎正是我缺乏的東西。人來人往之際，誰走了，誰又留了下來，都不可能由我決定，我能決定的是要舞出自己的節奏呀。像一名舞者隨著節拍躍動，要不然就得自己踏出律動的節奏。我開始了解到，我想要在凌亂的生活中找出節奏；而我在莫斯科尋找咖啡館的過程，並不是為了要找到一家和台灣或歐洲一模一樣調性的咖啡館，而是要在尋找的路途上走出自己生活的步調。

所以問題還是回歸到自身，而無關咖啡館。理解了問題的癥結，心情也就大為不同。當我再走回到特維爾街上，看到「菲利波夫斯卡雅麵包店」附設的小咖啡店，似乎也能感受到它散放的溫馨氣息，而鼻子也聞得到麵包和咖啡香了。回到宿舍後，我發現莫斯科大學主棟二樓裡竟有一家氣氛很好的小咖啡館，柔和的燈光下，桌椅和裝飾都予人溫暖的感受。此外，它竟然提供咖啡杯！我想，這裡大概是全莫斯科大學裡唯一不是用玻璃杯喝咖啡的地方了。當我點完咖啡，小姐竟還問我要不要加牛奶，對已經習慣在莫斯科喝黑咖啡的我來說，一瞬間心裡真有一種前所未有過的感動。

在莫斯科街頭閒晃找咖啡館的經歷裡，我發現自己對咖啡館的好壞已經沒有嚴格的定義，五星級飯店裡的咖啡並沒有特別讓我留戀，可是寒天裡在一家不知名的小「кафе」裡喝過的咖啡，卻不知怎麼地讓我印象深刻，那帶渣粒的苦咖啡似乎讓粗糙的甜食顯得格外好吃。而這一切在我返鄉之後，就成了不可能再有的經驗了。的確，莫斯科人還不懂得如何對待咖啡，就像他們不知道該如何吸引觀光客一樣，在此地咖啡館裡的咖啡都是以最真實而原始的面貌呈現給客人，沒有繁複的調煮程序，沒有咖啡Cream，沒有綿密細緻的奶泡，沒有肉桂香料，沒有裝飾，也沒有想像空間，勉強說來，他們只用糖來修飾這極為拙劣的黑色飲料。難怪印象中莫斯科咖啡館裡的咖啡只有兩種味道：苦和苦甜，也難怪這裡的咖啡館如此不吸引人們的留戀。

脫去所有裝飾外衣的咖啡似乎得讓我動點腦筋，想想該如何讓它恢復吸引力。所以，我像此地藝術家所採用的方式為自己添購了一個土耳其壺，加上一包咖啡粉，然後開始在家煮咖啡。這種方法竟意外為我的生活找出了節奏，每天早上起床後，我便為自己煮上一杯土耳其咖啡，小壺在爐上緩慢加熱，我剛睡醒的腦袋也跟著水溫上升而逐漸清醒；當咖啡快要沸騰之際，我專心注意火候，等待咖啡的 Cream 燒出。為了一杯好咖啡，我養成耐心在爐火旁守候，而當一杯手煮咖啡完成時，我同樣也完成了一天生活律動的準備。

現在我總算定下心來，早上一杯熱咖啡後，我便心滿意足地開始閱讀。午後文章寫倦了，便到學校主棟二樓裡的小咖啡館喝一杯牛奶咖啡，讓自己沉浸在對咖啡最初的純粹感受裡。朋友來訪，我煮咖啡給他們喝；朋友煩悶時，我帶他們到我探訪過的咖啡館。人來人往之際，我的心不再慌亂，身體裡有一股緩緩的律動，如音樂的靈感，如舞者的躍動，我只要順著節奏便能完成所有的事情。從此時起，我期待每一個早晨的到來，等著以咖啡迎接一日的工作。坐在房間的小圓桌前，一杯飄散著焦糖風味的純濃咖啡擺在眼前，我拿起咖啡杯對自己說：「嗨！早安，莫斯科。」

新年的願望

早晨一醒來，心裡便感覺異樣。首先是對面康樂室慣常傳出的琴聲突然消失，對已經習慣將琴聲當作起床鬧鐘的我而言，琴聲消失令我有種悵然若失的感覺，忍不住想：「這彷彿是個預兆，即將有事要發生。」正當我胡思亂想時，門上響起敲門聲，一開門，站在我房門邊的是一位許久不見的東北姑娘，她的突然出現讓我有些驚訝，不過這位開朗的姑娘立即發揮東北人直爽的性格，開門見山地說出她拜訪我的原因，原來她要回吉林故鄉過新年了，想向我道聲再見。「搭什麼交通工具回去？」我問。「西伯利亞鐵路。」東北姑娘回答得乾脆，我「噢」了，就沒再接話，但東北姑娘還是興致高昂地說個不停，我倚著門，心不在焉地和她閒聊，眼睛注意到宿舍大廳的鑲木地板重新打了蠟，地面一層油光。將種種異常的現象歸納起來，我混沌的腦袋終於得出一個結論：新年就快要到了！

喝完咖啡後，腦袋逐漸清醒，「如何過新年？」這個問題開始浮出。就在這時，門上又是一陣響聲，開門一看，是好久不見的沙夏。他一進門，劈頭就問：「十二月三十一日晚上要不要一起到紅場上倒數？」沙夏的提議像特別針對我的問題而來。「你是說穿雪衣、帶香檳和雨傘，在紅場上人擠人的慶祝方式嗎？」「不然妳要在家看電視，等午夜十二點俄國總統的〈對全國同胞演說〉嗎？」把這兩種過新年方式比較後，我對沙夏說：「一起到紅場倒數吧。」

莫斯科是個忙碌的城市，但一到十二月底便開始放慢腳步等著過新年。此時城市的溫度穩定維持在零下十度左右，空氣乾冷，太陽在遙遠的天邊閃耀淡淡的金光，地面、屋頂和樹梢上都是一層厚厚的積雪，整個莫斯科顯得乾淨、亮眼。平素冷漠的市民此時顯得和藹，他們在各式各樣的大衣，各種顏色的帽子、圍巾襯托下，精神奕奕地在街道上逛著，熟人相遇，先互吻臉頰三次，然後加上一句「新年快樂！」從此時起到來年一月七日的東正教聖誕節，再持續到十三日的舊曆新年為止，莫斯科都沉浸在年節的氣氛裡，市集和商店擠滿了人，各地教堂鐘聲不斷，花舖前群芳爭豔，城市的每個角落都散發著盛大莊嚴又美好的氣息。

倒數之日終於來臨。我和沙夏在晚間十一點半左右到達紅場，不出所料，廣場擠滿了人，三五成群拿著香檳和酒杯，邊喝邊說笑。站在深夜的紅場上，左近的博物館和百貨公司已經關門，冰淇淋小販也收攤了，克里姆林宮在燈光的照耀下顯得輝煌耀眼，瓦西里教堂那五彩繽紛的洋蔥頂散發著熱鬧的氣氛，而掛在救世主塔樓上的時鐘也閃爍著金光。

離十二點越來越近，人群越來越興奮。當倒數開始，紅場上的喧囂也達到頂點。終於，時針分針合而為一，宏亮的鐘聲立時響起，群眾裡爆出「新年快樂！」的歡呼，燦爛的煙火照亮了夜空，香檳瓶砸地的碎裂聲四處響起。我趕緊撐開事先備好的雨傘，以防被四射的香檳濺到，抬頭卻見沙夏呆望著鐘樓頂上的紅星，對周遭的歡鬧恍若未聞。我推了推他：「發什麼愣？」沙夏卻答：「我在許願，希望偷了我的心的女孩，不要將心還給我。」

沙夏的願望似乎感染了我，於是我也抬起頭，向鐘樓頂上那顆璀璨的紅星許下一個願望：不願等著被偷心，願作一位冒險的偷心賊。

救世主塔樓（丘光／攝）。

混亂

蘇維埃時期，莫斯科人對自己城市穩定的秩序自豪不已，但今非昔比，這個城市現在無時不刻在變，充滿了不可預知性。人在其中，很難按照自己的節奏而活。在莫斯科的早晨，我會固定為自己煮一杯土耳其咖啡，那是我唯一感到能夠掌握的律動，配上黑麵包夾奶油，簡單規律而滿足，如果能再加上蜂蜜，那就太好了。

俄國人喜歡吃蜂蜜，稱蜂蜜能夠治百病，感冒時，他們通常不會吃什麼消炎止咳的藥，只是休息，外加多吃蜂蜜和檸檬。看俄國人將蜂蜜說得如此活靈活現，我也跟著吃起蜂蜜來。

蜂蜜在任何市場都可以買到，但我通常會到契留姆什金市場去採購，那裡的蜂蜜種類繁多，價格雖然比一般市場貴出許多，但是品質好，算算還是值得。有一天，我起了個早，專程為買蜂蜜到契留姆什金市場。我繞了整個市場一圈，試吃了好幾種，最後買了罐椴樹花蜂蜜，然後步出市場到車站等候有軌電車。等沒多久，天氣一下子轉壞，氣溫急速下降，有軌電車始終不來，我站著不動，任寒氣恣意入侵，到了那種忘掉自己，也忘掉寒冷的境地時，車終於緩緩駛來。

當車沿著軌道逐漸接近時，我清楚看到，出現我眼前的不是電車，卻是一輛黃色的老舊公車。這輛公車駛在有軌電車的軌道上，除了缺少電車車頂上應該要有的電纜線外，乍看之下，差不多也就是電車了。我看著公車的橡膠輪胎小心翼翼地、分毫不差地循著電車軌道走，心裡佩服司機那麼認真地把公車當電車開，但其他乘客早已議論紛紛，尤其一位穿戴華麗的俄國老太太顯得更是激動，她瞪大了眼驚呼：「天哪！這是什麼跟什麼？把公車當有軌電車開？有沒有規矩呀？」上車後，司機向大家解釋，說電車壞了，沒有其他車可以替換，只好先以公車暫代。聽完司機的解釋，乘客們雖然無奈，但也不再說什麼，只有那位太太仍喃喃自語：「不成體統，什麼世界呀！一切都變了！」老太太說得生氣，眼看著一句「蘇維埃時期不會有這樣的事情發生」就要脫口而出時，司機轉頭駕車，不再理會任何人。

我好不容易回到宿舍，一眼瞄到電梯門上那張「不工作」的告示仍然貼著，這張告示從開學前貼到快學期末，卻一直不見有人來修。知道不能期望電梯，我

有軌電車（丘光／攝）。

轉身爬樓梯上七樓，爬著爬著，看到前頭一群新到的外國學生，正揮汗如雨地搬運重達三、四十公斤的行李。我微笑著輕輕越過他們，心裡頭卻想：「搬行李爬樓梯可真是住主樓宿舍的必經考驗哪。」

到了七樓，才剛進大廳門，一位摩洛哥人迎面向我走來：「嗨！妳從哪兒來？」「Taiwan。」我答。一聽到我的答案，摩洛哥人咖啡色臉頰上的眼睛亮起來，「Thailand 呀，我喜歡 Thailand。」我重複：「是 Taiwan，不是 Thailand。」摩洛哥人卻反問我：「那是哪裡？不過不重要，哪裡都一樣。妳來莫斯科多久了？我剛到，很喜歡莫斯科，因為每天都很刺激。我最喜歡到好餐廳吃飯，點最貴的菜和最好的酒，每天都這樣吃，吃到隔壁桌的俄國佬不爽，找我幹架。要打就打，我會怕他們？妳看，我的鼻子被打歪了，手也被打斷了，還有臉上這裡有一道疤。哈哈！可是我不怕，死俄國佬！」我看這摩洛哥人真是有趣，把莫斯科當作冒險天堂。可是和他聊了一陣後，發現他打算把所有發生在莫斯科的得意事情，一件一件拿出來講，我於是趕緊岔開話題，向他告辭，並祝他玩得愉快。

進房間沒多久，就聽到有人敲門，開門一看，是苦著一張臉的學妹。「學姊，可以聊聊嗎？」不等我答話，她已經閃進我房中，手裡拎著一瓶首都牌伏特加，看樣子是想和我一番長談。異鄉留學，大家彼此間都會互相照顧，看到學妹心情不好，我當然也得聽她傾訴，陪她解悶了。只見學妹把酒瓶一開，跟著便滔滔不絕地敘述起此地生活的辛苦：沒有 7-11、功課很難、想念男朋友……。聽著她的抱怨，我忍不住說：「妳這麼不適應，要不回台灣算了。」她看了我一眼，灌一大口伏特加，然後回了一句：「不，現在回去會被人笑。」她的回答讓我一時搭不上腔，乾脆不語，但學妹仍自顧自地接著講：「我要撐下去，只是晚上睡不著，需要伏特加。」說完跟著再灌一大口伏特加。

學妹就這麼一直耗在我房間裡，喝完了伏特加，話也絮絮說盡了，她呼嚕倒頭便睡，而我一夜無眠，眼睜睜看著她安然地睡在我床上，那真是漫長的夜晚！我只能嘆氣等待清晨的來臨，等著早上的那杯咖啡。

年輕人，你還不讓坐！

在俄國生活的那幾年我習慣讓地鐵載著到城市的每個角落，也習慣在地鐵裡觀察莫斯科市民的生活百態。每次從「大學站」起坐，與我為伴的，不消說，是年輕又時髦的莫斯科大學學生，他們喜歡站著聊天，不在乎車廂有沒有座位，偶爾在談笑之際，女大學生會突然向男同學暗示要到位子上坐，男士會以演舞台劇般誇張的姿態，先擺出女士優先的動作，再護送她到長椅上坐下。對於男孩子的殷勤，女生顯然滿意，頻頻用眼神示愛，還不時送上飛吻，地鐵的風光好不旖旎。可是這兩人的妳儂我儂似乎沒有羨煞同車人士，他們以一貫沉靜的表情告訴年輕人：「我也經歷過甜蜜的愛情。」

過「大學站」便到「運動場站」，由於附近有市集，在這一站上車的多是開放後產生的個體戶小販。他們之中有許多是外地人，操著帶口音的俄語，身上大衣破舊，手上提著大袋貨物，腳上一雙布滿風霜的厚底靴，每天辛勤地乘坐地鐵到處倒貨賣貨。小販多習慣站著，貨物置於門邊，看到空位便招呼同行的女人去坐，看來男士站、女士坐是此地的禮貌和習慣，沒有職業、階級和身分的區別。

過「運動場站」後便進入市區，上下車的人逐漸增多，就在眾人忙亂進出地鐵時，一群吉普賽人總趁著車門關閉之際倏地竄入，然後沿車廂向乘客討錢。有些乘客對之輕聲斥喝，有些則是揮手驅之，可是小吉普賽人總是不死心，發揮黏攻，不斷哀求乞討，頂受不住的人無奈地撇了撇嘴角，伸手從口袋裡掏出一兩張零散盧布，小乞兒骯髒的手立即一把接過，連謝也不說，又繼續向下一個目標前進。看到這種情景，我心裡總陷入掙扎，想著待會他們來到我面前，該是給還是不給？但是小吉普賽人還沒來得及走到我這邊，地鐵已到站，沉寂的車廂再度忙亂起來，機靈的吉普賽人知道在這時候要錢討不了好，於是趕緊隨眾人一起擠下車，然後一哄而散。

地鐵恢復安靜，繼續一路疾行，終於到「獵人路站」，這一站通到熱鬧的市中心，上下車的乘客眾多，所有車廂差不多已滿座，這時一位身著貂皮大衣的貴婦走了進來，向車廂內環視一陣後，便向一位上唇蓄鬚、坐著的男子說：「對不起，您可否坐過去些？」男子收了報紙，把身子移了移，騰出個空位給貴婦坐。但是男子獲得的安靜還不到三分鐘，就被另一位頭上繫著白色大蝴蝶結的小女孩給打斷了。小女孩問媽媽：「怎麼沒有位子？」母親不斷安撫女孩，但女孩不領情，繼續發出疑問，男子最後乾脆起身站著，把還沒坐熱的位子讓給了小女孩，車廂這時才又恢復平靜。

在莫斯科，男士讓座給女士是很正常的事，對於老太太們而言，這更是一項不容侵犯的權利。有次我在地鐵中，看到一位老太太竟能在擠滿了人的車廂裡東鑽西鑽地就從門邊擠到座位旁，站定在一位男孩子面前，等著他讓位。可是男孩子裝傻，沒打算理會，但老太太不容他裝糊塗，開始訓斥男孩：「年輕人，你知不知羞恥！沒有人教你要敬老嗎？你還不起身讓座！」老太太以蚊子叮人般的糾纏不間斷地斥責男孩子，才兩分鐘不到，男孩子便敗下陣來，起身把位子讓給了老太太。

對於俄國男人的委屈，我一位台灣朋友深感不平，決定挑戰老太太們的魔音穿腦。某次坐電車，一位老太太真挑中了他，要他讓座，但朋友不肯，於是兩人一坐一站面對面僵持了四十多分鐘，期間朋友對老太太急如律令的咒語攻勢完全不動如山，一直到電車空了，老太太自己找到位子才結束這場對峙。

這場對峙的意義為何？朋友說是要讓這些平日愛倚老賣老的俄國老太太知道外國人不是好欺負的。這位朋友平時就有些愛計較、不肯吃虧，只是在「讓座」

這件事上，他竟能擴大成爭取正義的層次，真令人咋舌。他大概是我在俄羅斯觀察到的讓座現象中唯一一次的例外。

莫斯科市中心繁忙的獵人路地鐵站（丘光／攝）。

聖彼得堡夏日印象

一九九三年的七月，台灣夏季照常是炎熱而潮濕，我飛往遙遠的波羅的海那方的彼得堡，進修一個半月。

提著行李坐十多個小時的飛機，在吸盡整個密閉艙的細菌和聽完無聊乘客的酣聲之後，終於抵達莫斯科，隔天再拖著行李從莫斯科坐火車到彼得堡。下了火車，站在寬闊的月台上，用力吸一口帶著北方海洋鹹味的清涼空氣，抬頭看著從雕花鏤空拱頂間隙中灑落的稀疏陽光，我心中完全沒有當年列寧從芬蘭回到彼得堡時的激昂和興奮，有的只是疲憊和茫然。

我們踏上彼得堡，也進入彼得堡大學。這所知名大學是一幢巨大的古典主義建築物，回想起來，那一年的彼得堡大學真是寒傖，牆壁油漆剝落得厲害，路面的石板塊四處翻起，老舊的大門在一開一關之際總發出嘎吱嘎吱的可怕聲響；還有那黑漆漆的走廊彷彿長得沒有止盡，那裡老是一股獨特的潮濕霉味，屬於古老建物所特有，揮之不去，我甚至覺得，整個俄國都是這種味道。好長一段時間內，我都還保留著這股味道，它藏在我的衣服、皮箱和筆記本裡，也隨著海運的書籍一起飄洋過海來到台灣。

七月裡彼得堡大學空空盪盪，一大清早裡彷彿就只有我們幾個台灣學生勤奮地趕著去上課。往教室的路上，很奇怪的，都必須經過一處機械廠房，那裡總是一股濃重的油漬味，還有三兩個叼著廉價紙煙，穿著破舊工作服的工人站在那裡，向我們投來奇怪的目光……

我們走進陰暗的教室，陽光突然在一瞬間消失無蹤，四周凝聚著寒氣，直冷得我身體不斷哆嗦。我一邊想像熱湯和奶油煎餅，一邊努力假裝認真聽課，而心裡其實等著下課，趕著坐車到涅瓦大道上逛街買東西。

來到彼得堡沒多久，我就開始感到疑惑，當我們千里迢迢來到這裡，想看看冬宮是不是長得和圖片上的一樣；想觀賞白夜，看夜半時分的橋頭是不是真像旅遊書籍上說的那樣向兩邊打開，而此時彼得堡人卻有一半以上都出國去了，飛到南方溫暖的地中海，追尋他們自己心目中的陽光故鄉。所以，我在彼得堡大街上盡是和觀光客相遇，和他們在同一家著名的餐廳用餐，吃魚子醬和酸奶甜菜湯；在同樣的劇院裡看那些著名的戲碼，而同時又不小心地一起打了個無聊的呵欠；

然後我和他們還會不期然地坐在同一輛旅遊巴士裡，一起去夏宮看黃金噴泉，或是到克朗施塔德軍港體驗巡哨警戒的嚴肅氣氛；我還可能在一場突如其來的大雨裡和他們一道狼狽地躲進教堂中，跟著順便觀賞牆壁上的東正教聖像畫。此外，我穿壞了一雙涼鞋、生了一場病，還有我的腳底竟然在七月下旬因凍僵而龜裂，這真讓我覺得不可思議！但除此以外，並沒有什麼驚天動地的事情發生，足以讓我刻骨銘心。

不過這記憶似乎有自己的定律，不知在什麼時候，它會突然清醒，以最自然而輕盈的姿態，緩緩地開始向我講述過往，但不是有關宏偉宮殿和華麗劇院的零碎印象，而是一片陽光閃耀的波羅的海海灘、曬得暖烘烘的身體，還有我那位大鬍子朋友華倫廷。

華倫廷其實是我自選課的老師，自選課是按照外國進修學生的意願來安排課程，我選了俄國文學，而且是有關杜斯妥也夫斯基。我第一次見到他時，他留著一頭栗色的約翰・藍儂的髮型，額前還覆蓋著瀏海，外加一臉落腮鬍，我勉強才能找得著他的眼睛。華倫廷年紀不大，三十六七歲的模樣，體型清瘦，整身黑色系列打扮，黑色牛仔褲加上黑色上衣，領口處還別上一枚小型紅心別針，一副藝術家的模樣。

杜斯妥也夫斯基頭像（丘光攝），出自《杜斯妥也夫斯基筆記》1935 年版書封。這幅畫像傳神地表現出作家不對稱的眼神，不知情者會以為此人的心思難捉摸，事實上這是他某次癲癇發作時傷到右眼導致。

華倫廷說他喜歡杜斯妥也夫斯基，但是並不特別欣賞像《卡拉馬助夫兄弟》或《罪與罰》這類宗教意識太過強烈的小說，相較之下，他反而覺得《雙重人》的故事較有趣，而《地下室手記》更引人入勝。我邊聽他說得有趣，邊想，他應該不是什麼學院派的老師。後來他對我解釋，他的確是彼大的學生，但卻沒有畢業。我自然問他為什麼，而他平靜地回答：「因為馬克思列寧主義這一門科目沒有過關。」我聽了，忍不住大笑起來，這真是我碰見過最坦率也最有趣的一位老師呀！不過華倫廷隨即認真地說，他是一位藝術家，替一些報紙和雜誌畫插畫，也寫文學評論。我後來看了他的畫，非常難懂，是對俄國現勢或是蘇維埃時期的政治加以揶揄的諷世畫，觀者必須對俄國歷史和文化要有相當的認識方能了解，所以，與其說那畫是用以賞心悅目，不如說是用來磨練思考。

每次上完課後，我都和華倫廷一起散步走過涅瓦大道，有時我們會在廉價的茶館裡站著喝咖啡，他把親人的照片拿給我看，有太太娜佳、女兒卡佳，還有情人薇拉。華倫廷一說起他和情人相遇的經過，就顯得熱情而滔滔不絕，他以冥冥中似有天注定和不可言喻的心靈契合來解釋他和薇拉之間的感情，而這種感情是完全無法用理智來約束的。像華倫廷這樣有妻子、孩子，也有情人的情形，在俄國很常見，他們和情人之間的愛戀歡愉或許各有各的體驗，但是帶給妻子痛苦的

《卡拉馬助夫兄弟》書封（1989 年版），
畫中人物是老卡拉馬助夫的三子阿遼沙。

程度，我想其實是差不多的。

後來我認識了娜佳和卡佳，他們一家人仍是住在一起。我記得娜佳沉靜而謙遜的態度，有時我看著她，腦中跟著便想起照片中情人薇拉那種知性的神采，還有華倫廷所謂的「心靈契合」的感情，忍不住輕輕嘆了口氣。女兒卡佳則是家中的寶貝，或許是因為她，才能將這對感情有裂痕的夫妻聯繫在一起。

八月中，某次上課時，華倫廷提到他要和女兒到作家小屋度週末的計畫，我立即以最真誠的語氣詢問他，我是否有幸一起參與。他答應了，但表示會和女兒在週五就出發，而我可以晚一天和娜佳一起去，我連忙點頭表示同意。一想到能到彼得堡的作家小屋度週末，還可以在附近的沙灘上躺著曬太陽，我整個心都興奮起來。

那個星期六的一大早，我輕裝上路，不過為了保險起見，還是將兩包台灣紅燒牛肉調理包帶上，揮別兩位室友忌妒的眼光，踏上期待的旅程。

我和娜佳約好在列寧地鐵站碰面，因為我們要從那裡轉搭電車，到離城西北方不遠處的卡馬洛沃小鎮，彼得堡的作家小屋就是位在這個小鎮上。早先，只有協會的成員才能夠住在作家小屋，現今規定或許不那麼嚴格了，也可以外租，以達物盡其用的功能。華倫廷告訴我，他已經連續好幾年夏天都在此處租借小屋，作為他遠離城市紛囂，安心畫畫和寫作的處所。

我和娜佳在擠滿了人的月站上等電車，此地民眾似乎習慣趁週末假期出城一趟，紓解一週來的疲勞。終於電車來了，我們坐了上去，但一路上始終沒有座位，只好站著。其實我們的目的地並不算太遠，約四十分鐘的車程而已，站著也不會太過疲倦。我偶爾會和娜佳聊上幾句，但更多的時候是看著車窗外閃逝而過的鄉村風景。我站著站著，索性觀察起車廂內的乘客，他們很多都攜著大包小包的物件，彷彿趕集一般。我對一些老太太很感興趣，她們就像我在電影或圖片中看到的那樣，一條白布巾緊緊圍住半顆頭，笨重的身軀上穿著過時的素色連身洋裝，底下露出她們胖胖的小腿，而白嫩豐厚的腳背則塞在一雙總嫌過小的平底鞋裡。這些老太太的身上總有一股茴香醃酸黃瓜混著乳酪的味道，聞起來的感覺真是怪異又有趣。忽然間，我發現車上乘客也在偷偷打量著我這位外國人，眼神好奇又佯裝不在意，於是我的那種趣味感就更加強烈了。

那天天氣很好，光線相當充足，太陽很賞臉，不斷在草叢和樹葉間玩著變換光點的把戲。但不知電車是在過第三還是第四站的時候，光線陡然間暗了下來，娜佳悄聲向我說，這裡曾挖出一個無名塚，據說是當年史達林大整肅期間冤枉死去的犧牲者。我看著娜佳霎時黯淡的神色，想她內心應該是在畫著十字，便跟著也靜默起來。

過了這教人難過的一站後沒多久，就到卡馬洛沃了。下了電車，步行一陣，便抵達作家小屋。這是一片白樺樹環抱的森林，林中有各式各樣的獨棟小別墅，我看到華倫廷和卡佳在小屋外的簷廊迎接我們，與周圍其他擴建過的別墅相比，他們的小屋就顯得真是小巧而樸素。

娜佳原來並不打算和我們一起度週末。到小屋後，她拿出上好的白麵包和黑麵包，做了一道清爽簡單的番茄沙拉，然後我們一起用過午餐、喝過茶後，她便一人離去了。我看著她修長的背影孤單地消失在林間，心中感到一陣難過。

小屋的一切都很不方便，我必須和卡佳一同到外面取水回來用，而廁所也是公用茅屋，我進去不一會便被蚊子叮得全身是包，林中的蚊子很毒，叮咬過後腫起來的包真是又紅又大又痛。所有這些都讓我這個習慣都市生活的人感到不快，甚至憂鬱起來，但這一切全是我自找的麻煩，也不能怨任何人。不過，到下午四點多的時候，我和華倫廷、卡佳一起來到海灘，看到了寬闊的海洋，我的憂鬱又一掃而空。

這海灘不甚大，是白色沙灘，而且蠻乾淨的，我們到時，海灘上已經有很多人，或坐或躺，誰也不在意誰，就連那些穿著比基尼、身材高而勻稱的俄國姑娘，似乎也沒人特別多注意她們，只見她們在海灘上走來走去，好不自在。整個海灘就一個小吃部，賣些零食和果汁可樂，從那兒的擴音器不斷傳出流行音樂的嘈雜聲響，任何音樂只要一透過擴音器之後，那旋律就不見了，只剩下一連串間斷的、銜接不上的、刺耳的聲音。

波羅的海此刻風平浪靜，緩緩起伏的波浪輕輕拍打海灘，我們三人一抹好防曬油後，便紛紛躺下，閉上眼睛，一副不理世事的模樣，真的是名副其實的曬太陽。沒多久，北方的太陽就將我烤得暖洋洋的，四周空氣靜止不動，耳邊斷斷續續響著擴音器傳出的不成調的流行音樂，我進入一種神遊狀態，彷彿所有一切都距我遙遠，而時間就這麼無止盡地悄悄流過……不知過了多久，北方的太陽雖然不像南台灣那麼毒辣，但也曬得我的身體發燙，額上開始冒出汗來，我睜開了眼四處看看，發現華倫廷他們早就換過了姿勢，開始曬背部了。我們就這樣在沙灘上躺了三個多小時，醒來睜開眼睛時，有一種不知身在何處的茫然，腦袋空空的，什麼事也想不起來。雖然應該已經是晚上了，但由於是夏季的白夜，海灘上的太陽並沒有急著落下的打算，只不過海風已帶有陣陣襲人的寒意。我們三人像夢遊者一般默默起身，收拾好東西，回身往小屋的方向走去，一路上誰也沒說上一句話。

我們在小屋裡喝了茶，呆坐了一陣，然後我把調理包拿出來加熱，配著老師的蘑菇飯，三個人分著吃，如此便打發掉晚餐。晚餐後又喝了茶，然後華倫廷拿起煙，捏了捏濾嘴，便抽將起來。抽完煙後他轉到臥室，準備生火將暖爐管加熱，我感到好奇，八月天裡晚上睡覺竟然還要暖爐？這疑惑不久後我就解開了。華倫廷弄好暖爐後，我們一起坐著聊天，不一會倦意便襲上眼睛，十點多大家就都上床睡覺，或許是太累了，加上屋子裡暖呼呼的，我一下子就睡熟了。但到了半夜，我卻被冷醒，爐火早已燒盡，冷卻下來，空氣中盡是凍人的寒意，我沒想到北方夏季白樺樹林的夜裡氣溫竟會這麼低，身體真是冷得難受，幾乎無法成眠，我一直至次日清晨才迷迷糊糊睡去。八點多醒來後，照了照鏡子，臉色顯得蒼白又疲倦，身體則因蚊蟲的叮咬而疼痛不已。

早餐時我們隨便喝了點茶，吃了點麵包，餐後各人收拾好自己的東西，便啟程回彼得堡去了。那一場魔幻般的作家小屋之行，為我的旅遊劃下一個不錯的句點，因為之後所有的事情，包括我怎樣飛回台北的記憶，都是一片模糊。

我之後也沒再和華倫廷一家見過面。是否要特意重回故地，和朋友敘敘舊？我想了一下，答案卻是不需要了。那年離去前，華倫廷送了我一本他的小著作，有關俄羅斯流亡詩人的作品介紹，他在上面寫下「帶著最美好的感覺，一九九三年八月十五日。」我想，有這麼一本薄薄的、快要解體的小冊子也就夠了，「最美好的感覺」產生在一九九三年，舊地重遊只會讓一切顯得索然無味。一九九三年夏季的彼得堡之行，總算還記得這麼一些，但這麼一些也足夠給予我生命中不會再重複的溫煦回憶，那裡頭有一片乾淨的海灘，還有白夜裡一顆彷彿永不沉落的太陽。

冷漠的溫柔

我探索過俄羅斯人的神祕冷漠之源，就在那雙足以凍結所有熱情的灰色眼眸裡，那雙灰色眼眸不管在看什麼，甚至在凝視情人時，裡頭總是一種不可思議的靜，不明就裡的人會以為那是一種傷人的冷漠，可是，如果能再多一點耐心，或許就能捕捉到灰色眼眸不經意間流露的淡淡善意，那時方能了解，原來世上也存有一種冷漠的溫柔。

我住在莫斯科大學主樓側翼E棟宿舍，管理嚴格，舍監對所有住宿生都瞭若指掌。謝爾蓋．謝爾蓋維奇經常出入E棟，負責為申請長途電話的外國學生安裝線路。舍監們都稱此人為謝爾蓋．謝爾蓋維奇，名字之後還加上了父名以表示尊敬，令我相當好奇。舍監之一的諾拉告訴我，因為莫斯科大學所有的通訊線路都由他負責；隨後又補了一句：「還包括監聽。我猜他以前是ＫＧＢ。」我斜睇了一下這位疑似ＫＧＢ人員，那嚴肅的神情，令人害怕。

後來謝爾蓋・謝爾蓋維奇來我房間裝電話線路，一貫是不苟言笑，灰色眼睛裡讀不出任何心思。整個過程裡我們只說了幾句話。線路裝設完畢離開前，他忽然對我說：「俄語說得不錯。」對他的稱讚我感到驚訝，甚至疑神疑鬼起來，就像被制約了一般，我一看到他，馬上就想到ＫＧＢ，想到監聽。他一離開後，我馬上觀察起房間牆壁，書桌靠牆的一面上方有一個孔，裸露出幾條線路，線路已被剪斷，沒有作用。我在宿舍其他房間也都見到這樣的孔，是所謂的竊聽設備嗎？我注視著它，它孤零零地像被抽掉了靈魂一般，沒有回答我。

一天下午，我到人文大樓旁聽課，剛到門口就被攔住，不准入內。警衛個個荷槍，應該又是發生疑似放炸彈事件，一週連續三次，課是上不成了。我轉身回宿舍，十分鐘的路程，在寒氣的侵襲下，彷彿有一個鐘頭之久。

好不容回到宿舍，冰凍的身體熱了起來，跟著就是一陣倦意。這時突然有敲門聲，開門一看，是謝爾蓋・謝爾蓋維奇。他劈頭一句：「幫個忙，我無法和妳斜對面的日本女孩溝通。」我立即答允，但過去才發現幫不了忙。日本女孩詩織不會說俄語，我不會說日語，我們三人比手畫腳的溝通無效。靈機一動，我想起韓裔日籍男孩永則，趕忙求助於他。永則過來，三兩下就把問題解決了。到頭來，我什麼忙也沒幫上，但卻因此認識了詩織，詩織也認識了永則，而謝爾蓋・謝爾蓋維奇則大方地向舍監們稱讚我，說我是個好幫手。到現在，我還不清楚他為什麼找我幫忙，或許是碰巧或許是誤認，總之結局還不錯。

幾天後，我在路上遇到謝爾蓋．謝爾蓋維奇。他不改莊重之態，但主動向我打招呼，那雙灰色眼眸於我已不再是冷漠，而是熟悉，一種愉快的熟悉。先前我心中的ＫＧＢ陰影，似乎消失無蹤了。

阿拉拉特山睥睨的冷峰

我有一個亞美尼亞製的手工磨豆器，那是朋友諾拉的母親娜蓉從亞美尼亞首都葉里溫帶到莫斯科送我的禮物。娜蓉說，為了這個磨豆器，她走遍了葉里溫的商店，終於在一家差不多是空無一物的店家裡找到的。我端詳眼前這個橡木磨豆器，古拙、樸實、沉重，上方的咖啡豆置入口缺了個小門，於是磨豆器便因此呈現出一個難以癒合的傷口，令人感到說不出的難過，或許這就是為什麼它在空無一物的商店裡仍然乏人問津的原因。不過我非常珍惜這個禮物，它讓我永遠記得娜蓉的費心，也記得亞美尼亞這個歷史上屢遭磨難的民族，至今依然徘徊在貧窮離散的窘境。

最初認識諾拉時，覺得她和我印象中的俄國人有很大的不同，因為實在熱情親切得太多了！後來我才知道她是亞美尼亞人，她們一家四口也是。但那時亞美尼亞之於我並沒有太大的意義，因為我和諾拉是用俄語溝通，聊的也是莫斯科生活的種種。可是娜蕚的來訪，卻帶給我完全不同的亞美尼亞感受。娜蕚身材嬌小，臉龐輪廓深刻，黑髮，黑眼，鼻尖呈彎勾狀，標示出亞美尼亞人共通的特徵。她的額頭刻畫著漂亮的皺紋，神情憂傷而堅毅，待在莫斯科的日子裡總是一身黑衣，從早忙到晚，不是在廚房裡忙作家鄉菜，就是坐在椅上，幫著孫兒孫女縫補衣服。娜蕚不容許有邊作菜邊試吃的壞習慣，也不許女孩家坐在羊毛被蓋覆的床上，即使是坐在床沿邊也不行。但除此以外，她非常仁慈，也喜歡音樂和詩歌。

一天我到諾拉家拜訪，看到娜蕚一人坐在椅子上看電視，螢幕上是一列長長的隊伍蹣跚地行走在荒蕪漫漫的路上，隊伍中的人群顯得非常虛弱、乾渴，他們一個接一個地倒下，但沒有人因此停下腳步，因為在那群疲憊已極的隊伍後面還有一隊手持槍枝的士兵，流放隊伍在槍枝的逼迫下只得繼續蹣跚前進……娜蕚一動也不動地盯著螢幕，諾拉走來，紅著眼向我解釋，這是紀錄一九一五年土耳其政府屠殺亞美尼亞人的影片。我看著螢幕上駭人的悲慘畫面，看著娜蕚僵硬顫抖的背影，看著諾拉抱著娜蕚說：「媽媽！求您不要再看了，這實在太恐怖了！」而娜蕚卻激動地說：「種族屠殺呀！可恥呀！不能忘呀！怎麼能忘！」就在那一刻，我深切感受到，在這一個歡樂的家庭背後依然深印著亞美尼亞沉痛歷史的烙痕。

一個月後，娜蓉離開莫斯科，我也恢復在諾拉家度週末的習慣。早上從沙發床上醒來，看著掛在牆上的阿拉拉特山雙峰圖像，心中突然有種異樣的感觸，那是否是俄國詩人曼德爾施坦遊歷亞美尼亞時所說的「阿拉拉特的感應」呢？我知道，世界各地的亞美尼亞家庭中都掛有阿拉拉特的圖畫，那座山是亞美尼亞民族信心的象徵，就像亞美尼亞語言是關係著整個民族的命運一般。我沒能學會這種古老的語言，但我還記得那裡頭有許多拗口難辨的氣音，聽來如落石入山谷般鏗鏘。聽亞美尼亞人說話，舌頭像行走在多石崎嶇的小路上，小路曲折蜿蜒，而兩旁堆疊的荒壘石頭無窮無盡……石頭、語言、阿拉拉特山，那就是我心中的亞美尼亞神話。

晚上告別諾拉時，她吻著我說：「就把我們當成家人吧，只是要知道，我們是亞美尼亞人，不是俄羅斯人。我們和妳是一樣的，在莫斯科的亞美尼亞人也是異鄉人。」臨走前，我不由自主又看了一眼阿拉拉特山，那覆雪的雙峰正以一種不容情的睥睨之姿俯視這個家庭，在未來崎嶇的路上繼續考驗著他們的信心。

三個家庭

在俄國的那幾年裡，週末我常往亞美尼亞朋友家跑，從宿舍到朋友住處的過程已在我心中刻印成方程式般的印象：先步行十分鐘，走過一排低矮的蘋果樹人行道，然後在人聲鼎沸的市場旁鑽入地下道搭乘地鐵，三十分鐘後重返地面，來到市集，買束鮮花和蛋糕，之後搭無軌電車，接著再走一小段路，穿過一道拱門後便抵達目的地。這一路上有些曲折，但我沒有疲憊，反倒有一種回家的欣喜。

前來為我開門的是諾拉，親切的臉龐上有著一雙棕色大眼，她將我擁抱在懷裡，親吻我的面頰，而我把頭埋在她豐滿的胸脯間，感受到一種大地之母的溫暖。諾拉是我住進莫斯科大學主樓宿舍第一個夜晚裡認識的第一位舍監，她在我辦理好住宿登記後，將一串鑰匙，連同一套乾淨的白底碎花床單、枕頭和被套一併遞給我，並說了一句：「歡迎光臨。」我記得那晚我躺在乾淨的窄床上，睡得很甜。

不過和諾拉真正認識是在電梯裡，過程很戲劇性。因為宿舍的蘇維埃製電梯很老舊，行動非常緩慢，說實話，爬樓梯都比坐電梯要快。不過我偶爾還是會坐電梯。那天和我一同等電梯的正巧是諾拉，我們等了很久——我的耐性就是這樣練出來的——電梯終於來了，我和諾拉一前一後進了電梯，門一關上，兩人——出於半是熟悉、半是好奇的心理——不時往對方瞄上幾眼，偶然間我的黑眼還會對上她的棕眼。就這樣你來我往了一陣，我心想：再怎麼慢，電梯也該從七樓到一樓了吧？不過沒有，才到——呃，四樓，這電梯走得可真慢哪！我開始感到電梯空間狹小，還有和同乘者沉默對望的尷尬。就在這時，諾拉忽然開口，她問：「還記得我嗎？」我點頭，她又繼續說：「其實我是小學生物老師，舍監工作只是寒暑假期間的兼職而已。」說完這些話後，她抄下電話號碼給我，邀請我到她家玩，就這樣我們認識了，電梯也終於到一樓了。

過了一陣子，我真的打電話給諾拉，也前去拜訪她，漸漸地，我還附帶認識了諾拉的鄰居——奧利佳和瑪琳娜兩家人。在一處地方同時認識三個家庭是很有趣的事情，這三個家庭雖都是莫斯科市民，但不同民族組成的家庭之間還是有明顯的差異，而這差異，所幸竟成為奇妙的互補。

諾拉一家是典型的亞美尼亞家庭，非常重視倫理傳統，親子關係既緊密又溫馨。不同於這種堅固的家庭凝聚力，俄國人的家庭關係顯得疏離許多。至於男女分工，亞美尼亞人和俄羅斯以及世界上大多數民族一樣，也是男主外女主內，比較不同的是，亞美尼亞男性不僅要賺錢，還負責外出採購日常家用。諾拉的先生瓦魯一天趕三個地方工作，每週上市場購物，想幫他分擔這項工作嗎？那等於剝奪他的權利和樂趣。至於內務，諾拉這一家也有些不同，所有打掃、粉刷、貼壁紙和倒垃圾的工作都由兒子列夫負責——他樂在其中。至於女兒莎凱，她負責洗碗、收疊折燙和縫補衣服。那麼主婦諾拉在家裡負責什麼工作呢？我想了想，她負責的是更高層次的工作——聯繫家庭情感和散播她的愛給周圍的親朋好友。在我認識的朋友當中，擁有這項特殊能力的人僅諾拉一人而已。

剛到諾拉家沒幾次，我就發現住在四樓的奧利佳常來到一樓找諾拉談心。事情總是很巧，奧利佳這人我也知道，她是我住的那棟宿舍的大總管，有關住房安排事宜全由她一手掌管，職位雖然不高，卻是肥缺，常有人巴結。或許被奉承慣了，奧利佳臉上常是一副淡漠的神情，說話也是有氣無力的，非不得已不會開口，而一開口也只是將緊抿的薄唇微微牽動，聽者好不容易才能辨識出像「好，就這樣」之類的話。

我第一次在諾拉家遇見奧利佳時，她像女皇一般睥睨地站在門口，用某種瞟了又像沒瞟的眼神投向我這邊，什麼也沒說，便和諾拉走進廚房聊起天來。我隨著她們也走進廚房，聽了一陣她們的談話，發現女皇陛下關心的也不外乎是日常瑣碎：哪種減肥藥比較有效？西方的還是東方的減肥茶？孩子要進莫斯科大學就讀，該補習哪些科目？又該如何找關係……諸如此類的話題。此時的奧利佳女皇顯得較有生氣，說話也滔滔不絕，儘管臉上表情仍是不多。看她們聊得高興，我偶爾會幫兩位太太添茶加水，就怕她們口渴了。

在奧利佳和諾拉的談話裡，我注意到，諾拉的角色更像是一位傾聽者，她總是耐心地傾聽奧利佳的抱怨，諸如不滿先生的軟弱和沒出息、批評「俄國文壇的太陽」普希金，說他不該塑造一個沒有深度的女主角塔吉雅娜，讓她說出「作為一位妻子，我必須忠於丈夫」這種八股的話。奧利佳就這樣抱怨了一兩個小時，直到心情舒暢，才嘆口氣回去。

俄國的家庭問題和世界上其他國家一樣，也是諸如父權和男性沙文主義、家事工作分配不均、撫養孩子，以及婦女經濟權及獨立權等等問題。面對這些問題，俄國婦女採取的手段不若其他歐美國家來得激烈，大致說來，是「雖然無奈但可以忍耐」這樣的態度，女權運動在俄國一直沒能形成風潮，原因在於當地婦女並不熱衷，即便強勢如奧利佳，雖抱怨「忠貞」已經過時，但也沒打算離婚或是走上街頭抗爭，或許她心裡仍然認為「兩人湊合著過勝於獨自一人」，所有的辛酸痛苦，她選擇找朋友諾拉傾吐一番，便算排遣。

相對於奧利佳，另外一位鄰居瑪琳娜也三不五時找上諾拉。這位瑪琳娜是個有錢太太，靠著娘家的幫助，讓先生瓦洛佳在事業上賺了不少錢，瑪琳娜和先生可算是俄羅斯新貴階級。只是一般俄羅斯新貴喜歡住豪宅別墅區，瑪琳娜為何仍住公教區？諾拉說，瑪琳娜個性孤僻，喜歡批評，和誰都處不來，能找到像諾拉一樣好脾氣、聽她抱怨東抱怨西的鄰居和朋友實在不多。但其實瑪琳娜最根本的問題不在壞脾氣，而是酗酒，為了這個問題，她無法和人相處，也無法正常工作，幾次試著外出上班，但不到幾天就自動放棄，而即使蜷縮在家中，她也從不打理家務，一任屋內荒蕪。瑪琳娜雖然下了不只千次的決心要戒酒，但一次也沒做到。先生對她的問題顯得毫無辦法，他們沒有離婚，沒有小孩，瓦洛佳將自己大部分時間留給工作，將瑪琳娜留給諾拉。

常常就在我和諾拉聊得起興時，瑪琳娜會突然狂按門鈴，諾拉起身應門，我就會看到瑪琳娜踩著不穩的步履一晃而進，瘦骨嶙峋的身材如鬼魅一般飄向諾拉，向她說些前言不著後語的醉話，諾拉傾聽著，然後溫柔又小心地將她攙扶回去，之後便在那兒待上個把小時，直到瑪琳娜睡著為止。每當諾拉從瑪琳娜那兒回來後，總是一臉疲倦，有時我忍不住，就說：「反正妳救不了她，何不讓她去呢。」諾拉總說，她或許救不了瑪琳娜，但卻無法狠下心不理她。在我待的那幾年裡，瑪琳娜當然沒有戒掉酒，所幸也沒更糟，或許諾拉對她的幫助真發揮了一些效用吧。

不論是瑪琳娜或是奧利佳，她們在物質生活上都不虞匱乏，也各自擁有家庭，只是這並不表示她們幸福，她們之所以需要諾拉，是希望從她身上感受到一種被關懷的溫暖和被傾聽的注意，而這些剛好是她們的丈夫或孩子無法給予的部分。至於諾拉，她需要的又是什麼？記得她有次對我說，她需要有很多人來接受她的愛，需要有那種被需要的滿足感。我不禁莞爾，這三個家庭當真是偶然才湊在一起的嗎？

漿果廚房

我一眼就愛上這間廚房，淡藍的牆壁，白色的櫥櫃，靠窗的餐桌上置著吃剩的乳酪和黑醋栗果醬，牆上一角按俄國家庭的習慣掛著聖像畫，另一方貼著生活照，暖氣管慵懶地散放熱氣。整間廚房乾淨、溫暖、安定。

廚房其實有些狹小，但那扇朝外的窗卻擴大了廚房的空間。透過窗可以飽覽整個街景，不過隆冬裡玻璃結了冰，透過縫隙望出，只是一片白雪覆蓋的單調風景。待春天到來，四季輪轉，嫩白的蘋果花、淡藍的紫丁香、粉紅的野薔薇，還有金黃的蒲公英都會在這扇窗前擺動風情吧。

我出神地望著窗外，直到托妮雅走進廚房，說：「可以開始做煎餅囉！」才把我喚回現實。托妮雅是負責打掃我住的那一層宿舍的清潔人員，據說之前曾是小學校長，但蘇聯解體後那一段痛苦的經濟崩潰時期，就連小學校長的退休金都不夠支付生活，於是托妮雅到莫斯科大學應徵一個禮拜兩次、從清晨五點半到早上九點的清掃工作。六十多歲的她從不自怨自艾，只是很踏實地彎起腰身，拿著拖把和清潔劑從大廳開始，一間一間地清掃，通常在八點半的時候會掃到我的房間，我一聽到她輕輕的敲門聲，立即翻身下床，開門讓她進來，然後托妮雅就會說：「親愛的，我都是到最後才來打掃妳的房間，為的是讓妳可以多睡一會呀。」而我總是一邊打著呵欠，一邊親吻她，一邊說「謝謝」。看到六十多歲的老人家幫妳清掃房間，其實自己也不好意思再睡，乾脆起床弄早餐，等托妮雅清掃完畢，我也剛好把一杯熱茶送到她面前，閒聊一番後，托妮雅才收拾東西離去。我住莫斯科大學主樓宿舍的期間，和托妮雅維持這樣的關係始終不變。

至於這一次到托妮雅家拜訪，是因為有一次吃到她自製的果醬，覺得好吃極了，所以央求她再做給我吃，拗不過我，托妮雅乾脆讓我到她家吃正統俄式下午茶啦。

走進廚房的托妮雅從一邊角落裡拿出一個紗布覆蓋的盆，裡頭是發酵後微微膨脹的牛奶麵糊，表面已冒出氣泡。托妮雅將麵糊稍微攪動，再加進些許牛奶，然後一聲令下：「開始吧！」清冷的廚房突然間變得熱鬧，平底鍋冒起煙，融化的奶油發出濃香，用圓瓢將麵糊舀起，澆入平底鍋，麵糊碰著奶油的瞬間發出滋滋聲響，轉眼間，一個巴掌大的完美煎餅便呈現眼前：圓心焦褐，向外色澤漸淡，一眼看去，煎餅真如一輪亮晃晃、熱騰騰的太陽！這的確是俄羅斯風俗中迎接春天到來的最佳食物。

半個鐘頭不到，托妮雅就煎好三十多張煎餅。它們堆疊起來，如小山一般，餅和餅間刷上一層薄薄的金黃奶油，如此一來，它們可以相互依靠，卻不會相黏。我把煎餅端到餐桌，跟著拿出茶具。依照此地的習慣，吃煎餅得配紅茶和果醬才行。

「今天會吃黑醋栗果醬吧。」我正暗自猜想，托妮雅已捧著一個大托盤來到桌旁。托盤裡頭有許多小碟，碟裡放著我常吃到的黑醋栗、紅醋栗和小紅莓果醬外，還有覆盆子、酸醋栗、藍莓、杏桃、野草莓和李子果醬，算一算，竟有九種之多！我再次環顧四周，想知道果醬是如何藏在這間小小的廚房裡，托妮雅卻彷彿預料了我的意圖，微笑地指著廚房各角落說：「這裡，這裡，和這裡。」啊，這真是一間神奇的漿果廚房呀！

每年托妮雅都會將採集到的漿果製成果醬。做法簡單，就是用糖醃製。漿果本身多帶微酸，經擠壓後，汁液滲出，和糖混合，過一段時間後就成黏稠的果醬。由於不加任何防腐劑和膠質，果醬依然保留漿果原有的滋味和營養，是俄國人在漫長冬季裡維他命攝取的主要來源。

我把每種果醬都塗在煎餅上，再捲起來嘗，心中滿溢著甜蜜與感動。不過把果醬煎餅吞到肚子裡還不夠，我像果戈里筆下人物那樣，最後還要將沾滿果醬、黏不拉搭的手指舔了舔，再將茶喝個飽，才心滿意足地、懶洋洋地倒在椅上。一陣倦意跟著襲上來，周遭景象變得模糊，恍惚之際，似乎聽到托妮雅在叫喚我，但聲音遙遠，我沒有理會，仍繼續往漿果叢的夢境深處走去……

黑麵包的滋味

黑麵包就是黑麥製成的麵包，其嚼感緊實並帶著強勁的酸味，是最具代表性的俄羅斯食物。可是呢，老實說，黑麵包真的很難讓人一見鍾情。光就黑麵包瘦小的身材、暗褐色的外表和粗糙的觸感來說，它在一群體型飽滿、膚色金黃的白麵包群中就是那麼寒傖，叫人提不起「吃它」的慾望。

但是，對俄國人來說顯然不是。每次我在麵包坊裡買白麵包的時候，旁邊的俄國人選的常是黑麵包。我觀察了幾次之後，決定入境隨俗，也依樣畫葫蘆買了一條黑麵包。回到宿舍後，我切了一小片來嘗，結果那味道真的是——酸哪！怎麼會有人吃這種東西，怪不得說俄國人忍受痛苦的程度極高，連黑麵包這種東西都可以拿來當正餐吃，那還有什麼苦不能忍受呢？我把黑麵包丟到一旁，不再理會。幾天之後黑麵包發了霉，我便把它扔進垃圾桶，心想以後不要再浪費錢買黑麵包了。

雖然我可以選擇不買黑麵包，但卻無法避免不在朋友家中吃到黑麵包。在豐盛的筵席上，不出我所料，餐桌正中央處置著的主食就是黑麵包和白麵包，但奇怪的是，當主人把麵包籃傳給客人取用時，選擇黑麵包的人數竟比白麵包的要多。終於輪到我拿麵包了，我決定不違背良心，將手往乏人問津的白麵包伸去，但鄰座的客人卻於此時「好心地」對我說：「應該先試試俄國的黑麵包才是。」跟著便向我遞來一片黑麵包，無奈之下我只好接受他的好意。

就在我以百般勉強的心情咬下一口黑麵包時，出乎意料之外，口中的滋味並沒有預期地糟糕，黑麵包那種自然發酵的酸味自從第一次嘗試之後，似乎已在我的味覺中產生了印記，並讓我在第二次的接觸中無條件地接受了它。我開始以愉悅的、被征服的心熱烈嘗試起黑麵包，並且積極地將黑麵包搭配乳酪、火腿和燻肉一起吃，那股屬於黑麵包才有的咀嚼韌勁以及隨之散發的黑麥香在我口中形成一股遠非白麵包所能企及的豐富滋味。

俄國朋友看我似乎接受了黑麵包，便幫我倒了一小杯伏特加，然後告訴我，黑麵包可是喝伏特加最基本的下酒菜喲！順序是先一口飲盡伏特加，再聞一聞黑麵包。我照作了，嗆辣的伏特加對上濃郁的黑麥香，結果就是令人驚豔的味覺昇華，伴隨而來的還有胸臆間一股豪邁之氣。我開懷大笑起來，伸出拇指向朋友說：「讚！」

那一頓晚餐讓我既愛上了黑麵包，也瞭解到了俄國人的生活。這種用低筋黑麥粉揉和烘烤而成的麵包，最教人喜愛之處就在它那結實富彈性的嚼感以及無與倫比的黑麥香氣，只是在接受此一美食之前，可得先通過黑麵包的酸味考驗，若能通過，那麼就能體會俄國日常生活的真實滋味。

酸黃瓜遇上伏特加

窗外溫度計指著零下十五度，冷得地上的烏鴉都捨不得張開翅膀飛上樹梢。大講堂內的暖氣好像壞了，空氣裡盡是凍人的寒意，我整個身體縮在座位裡，完全聽不進教授的聲音，空洞的腦袋只有一個想法——好冷！但是和我坐在同一排位上的莫斯科大學女學生似乎不這麼想。她們穿著迷你裙，坐得直挺挺地，修長的大腿和裹在長統靴裡的勻稱小腿正煥發著勃勃生氣，而謎樣的灰藍眼睛專注地凝視教授，激勵著他更賣力地講課下去……

好不容易下課鐘響，我瑟縮著身體走向市場，迎面而來是一股混雜了踏融的髒雪和靴底泥濘的難聞氣味。我迅速穿過市場往後方的肉品店走去，打算買些絞肉後就趕緊離開。就在這時，我瞥見水果攤旁站著位老太太，手上提著幾個沉甸甸的袋子，裡頭裝著幾根看來不太好吃的酸黃瓜。市場裡賣酸黃瓜的老太太都是一身鄉下人的打扮，灰毛圍巾裹住整顆頭，只露出眼睛，臃腫肥厚的大衣底下是一雙厚實醜陋的毛氈靴。看起來，老太太在零下十多度的雪地裡已站了一下午，出於惻隱之心，我來到她面前，一看到顧客上門，老太太精神抖擻起來，打開身旁一個大桶說：「女孩呀！妳看，這是自家醃製的酸黃瓜哪，裡頭可是放足了歐芹和蒔蘿喲。」雖然最後我只買了區區一袋，但老太太仍不吝惜話語：「多吃酸黃瓜身體會健康，還可養顏美容哪！」

　　我提著不知該怎麼辦的酸黃瓜回到宿舍。沒多久，不速之客Ｋ君就來訪，但屋內可當作下午茶的咖啡、紅茶和蛋糕恰巧告罄，讓作主人的我頗感尷尬。Ｋ君一眼瞄到躺在桌上的酸黃瓜，直呼「好東西！」跟著說：「剛好我帶了一瓶伏特加，可以和酸黃瓜搭配充當下午茶。」不速之客如Ｋ君之流，不嫌東嫌西，還會自行解決僵局，那麼也是有可能受主人歡迎的。

　　接受Ｋ君的建議，我把酸黃瓜拿出來切片擺上盤子，淋些醃製的香料汁，然後再切了幾片黑麵包，並倒上兩小杯伏特加，一場另類下午茶就此展開！我拿起酸黃瓜咬了下去，一聲清脆的卡滋和一股清新香氣立即溢滿口中，原來，酸黃瓜的真實口感遠勝於其字面意義的貧乏哩。Ｋ君以一副老饕的語氣說：「真正好的酸黃瓜是用多種香料醃製成的，它可以單吃，或像這樣搭配伏特加和黑麵包來吃，都非常有味道。那種只有酸味和鹹味的酸黃瓜才會拿來作沙拉或是酸白菜湯的配料之用。」

看到K君吃酸黃瓜時那副心滿意足的表情，我忍不住跟著又吃了一片，然後一口喝盡伏特加，凍了一天的身體此刻方暖和起來，而從鼻中口裡呼出的帶有冷冽香味的氣息，讓人心情不自禁輕鬆起來。沒想到這兩種看起來天差地遠的東西，搭配起來竟如此契合，怪不得俄羅斯人喝伏特加時最喜歡配酸黃瓜。只是這兩種具有魔力的東西，可別成為人們喝悶酒的藉口呀！

酸奶油的魅力

莫斯科大學裡有好幾間學生食堂，但只有一間最得留學生歡心，原因無他，就是料理可口。每到中午，食堂總是大排長龍、人氣旺盛，也因為這樣，許久不見的舊識常會「碰巧」在食堂相遇，於是乾脆一起用餐，也省卻彼此拜訪的麻煩。

我和一個台灣女孩M就是這樣固定約在食堂，一起享用羅宋湯、甜菜沙拉和基輔雞排等俄國美食，只不過在吃法上我倆有顯著的區別。我會將加在羅宋湯和基輔雞排上的酸奶油如珍饈般仔細品嘗，而M會手拿湯匙如掃帚般將酸奶油掃出視線外，跟著一句：「搞不懂俄國人為什麼要在湯上頭加一瓢酸奶油？」「因為有畫龍點睛的效果呀。」一聽到我的回答，M馬上皺眉反駁：「這不叫畫龍點睛，這叫一粒老鼠屎壞了一鍋粥！」「那妳覺得甜菜沙拉如何？」我問。「不錯！甜甜酸酸，挺好吃的。」M答。「可那是用酸奶油拌成的咧。」對我的故意挑釁，M決定以埋首吃飯來結束酸奶油這話題。

由於飲食習慣的差異，東方人對牛奶、乳酪和冰淇淋以外的發酵乳製品多敬謝不敏，尤其是酸奶油，這種在牛奶幾經發酵後，浮在最上層的凝結體，是一種相當濃稠，乳脂肪含量高的營養食品，然而它那被俄國人視為無與倫比的濃香卻完全不對東方人的胃口，不要說一見鍾情，連日久生情的機會都不太可能。

可是，不論願不願意，只要身在俄國，就難保不吃到酸奶油。除了湯上頭那一瓢看得到的酸奶油外，其他藏身於沙拉和冷盤之中的酸奶油則不易察覺，甚至還常因味道不錯而不小心就吃進肚子裡去。以「首都沙拉」為例，這是一道用馬鈴薯泥、青豆、酸黃瓜和燻雞肉做成的美味沙拉，但決定它好吃與否的關鍵就是酸奶油。道地的「首都沙拉」不是用美奶滋，而是用酸奶油作最後攪拌的醬料，取其口感特殊、顏色雪白好看之故。而身處沙拉當中，酸奶油獨特的酸味也在其他食材的味覺協調下不至太過彰顯，因此，許多留學生常不知道一直以來所吃的「首都沙拉」裡竟混有其避之唯恐不及的酸奶油。

還記得有一回我到俄國朋友家吃聖誕晚餐，席間最特別的一道菜是葡萄葉捲心肉，它是用葡萄葉捲著混米粒的絞肉，再包成如拇指般大小的高加索地區料理。食用時先用叉子取來五、六個肉捲，然後再澆上大量特製醬汁，一種由酸奶油加上酸奶（即原味優酪乳）調成濃稠適中的醬汁，而裡頭竟還加了令我想像不到的一味——大量搗碎的蒜末！這醬汁一嘗之下，唉！滋味真難以形容，勉強說，大概就是心裡滾著一輪暖烘烘的太陽，然後縱身倒臥在軟綿綿的白雪中那樣的感受吧。那次晚宴可真是開了我的眼界，讓我見識到酸奶油的巨大魅力。

回台灣後，我嘗過德國和澳洲進口的酸奶油，但都無法取代俄國酸奶油帶給我的那種在味覺、嗅覺和感覺上的滿足感，或許是因為那裡頭充滿了我對俄國的回憶吧。

森林採菇

四月的莫斯科，春寒料峭，冰雪融化，露出成堆來不及清理的垃圾；髒污的汽車駛過，濺起一片黑雪水——此時的景象只能用「可怕」形容。我正打算出城散心，恰巧K君邀我到郊外森林採菇，那種童話故事裡姑娘們手提著籃子到森林採蘑菇的情景立即浮現腦海，我心情一下子雀躍起來。

行前我翻閱了植物圖鑑，發現菇的種類多得驚人，什麼蛤蟆蘑、口蘑、蜜環菌、牛肝菌、傘菌、白菌等不下四十餘種，其中許多有毒，而外行人不易分辨。我畫下幾種菇類圖案，帶在身上以備不時之需。

週末，我和K君先乘地鐵再換電車，不到一小時便抵達郊外森林。到車站接我們的是K君的朋友安娜，她領我們到木屋後說：「待會到森林散步、採菇。不過要碰運氣，因為我也不是專業獵人。」安娜的謙虛沒有降低我的興致，我依然期待看到森林裡滿地的蘑菇。

步入森林，陽光完全為四周高大的松杉遮蔽，陰濕的寒氣瀰漫林間，冷得我不斷哆嗦，根本顧不得找菇，看著身旁樺樹赤裸白淨的表皮，更讓我不自覺地拉緊外衣。可是走在前面的同伴似乎不覺得冷，邊找菇還邊聊：「今年的菇長得遲啊。」話雖如此，這兩位多少還採了些，而我卻兩手空空。我想拿圖鑑出來對照，又捨不得將手從口袋裡伸出，此時，安娜忽喊：「看哪！是白蘑。」K君立即回頭叫我採，於是，這朵白蘑就成為我此行唯一的收穫。

這次採菇耗了兩個小時，總共找到不過六、七朵。我夢想中的百菇大餐雖然落空，但總是一次經驗。

採菇是俄國人熱衷的戶外活動，因過程充滿迷惑、驚喜、成功和失望的情緒，不下於打獵的樂趣。有句俗諺說：「幸福在手，蘑菇到處有；運氣不在，採蘑都晦氣」。再有經驗的人，也有遍尋不著蘑菇的時候，但沒有足夠辨識能力的人，則絕對採不到好菇。俄國人之愛蘑菇，可以十九世紀的作家阿克薩科夫為例，這位擁有龐大莊園和一座兩千棵柞樹林的貴族老爺，五十歲辭官後便專心打獵、釣魚和觀察蘑菇。為了駁斥老百姓認為「被人看過一眼的蘑菇就再也長不大」的迷信，老爺子便天天觀「蘑」，不時摸摸菇兒們的頭，清除妨礙它們長大的樹葉青草。經過反覆試驗，他終於確定鄉民的說法「純屬謬論」。然後他又花了十二年的時間，對適宜蘑菇生長的環境、溫溼度提出獨到的見解，還得出蘑菇有戀家的習性，只在同一棵樹的同一位置生長。我非常佩服這位作家的實證精神，他沒有浪費鄉居的歲月，以實際行動打破民間俗諺的謬說，並為植物學留下許多珍貴的觀察經驗。

看完阿克薩科夫的《一位採菇愛好者的觀察心得》，我突然飢腸轆轆起來，但也只能到市場買現成的菇，作道簡便的蘑菇湯聊以解饞。

莫斯科郊外的森林小徑（丘光／攝）。

美妙的邂逅

莫斯科地鐵一向以華麗聞名，有「地下宮殿」之稱，但是在莫斯科住久了，每天乘地鐵來來去去，對於地鐵站裡那些留住觀光客目光的華麗水晶燈、昂貴大理石和精細浮雕早已習慣，甚至視而不見，倒是一些較為樸實的站更能引起我的好感。在莫斯科地鐵站中，克魯泡特金站稱得上古老，但算不上華麗，整體看來，它服膺希臘的理性主義。月台兩側是一根根白色大理石柱廊，其上藏有照明燈，燈光朝上打在白色拱頂，形成站內下暗上明之勢，行走其間恍如置身萬神殿中，四周為崇高和諧的氣氛所籠罩。

出地鐵站往東走，會接上沃爾宏卡街，沿這條老街走十多分鐘就到克里姆林宮。這條街早年屬貴族住宅區，十八世紀曾經權傾一時的戈利欽、波將金和拉普辛等貴族高官，都在此地修建過他們的宅邸，如今這些珍貴的建築遺產搖身成為普希金造形藝術博物館、莫斯科藝術科學院和托爾斯泰博物館。其實，不只權貴喜愛這裡，作家和藝術家也樂於居住此地，像是諾貝爾文學獎得主布寧和巴斯特納克、音樂家柴可夫斯基、畫家列賓，以及美國舞蹈家鄧肯與夫婿俄國詩人葉謝寧，都曾住過此區。

不過此區最受矚目的，還是「普希金造形藝術博物館」。這座希臘風格的博物館是修習藝術史學生的朝聖地，它是由莫斯科大學藝術史教授伊凡・茨維塔耶夫（詩人瑪琳娜・茨維塔耶娃的父親）於一九〇三年創立，目的是完整呈現人類文明的發展史，從上古埃及文物、希臘羅馬巨形雕像，到文藝復興時期的繪畫，龐大的文明遺產一一陳列眼前，真的是名副其實的博物館。每次到這間博物館參觀，幾個小時走下來，我常是口乾舌躁、頭疼胸悶外加腳發酸。

那次我原本又是要到普希金博物館參觀，不意在走到一棟小型美術館前就停下腳步，在我眼前是一棟新修繕的綠色古典建物，造型新穎的大門把我的目光給緊緊吸引住，我抬頭望去，只見門楣上寫著「私人收藏館」，似乎才新開張。好奇心一經挑起，不需多想，我立刻轉身走進這間收藏館。

一進大門，雅緻的大廳中央是一座花崗岩樓梯，平緩而下的階梯彷彿正歡迎訪客到來，令我有種「不期而至，清風故人」的翩然感受。我拾級而上，自然光從樓梯上方的玻璃拱頂射入，反照在水晶吊燈上，發出一束束燦爛的折射光芒，映得我心情明亮又溫暖。

這間小博物館收藏著豐富的俄國藝術作品，從十八世紀到二十世紀重要畫家的作品都有，但不以油畫取勝，而以素描、水彩和版畫為主。難得的是，二十世紀初頗具影響力的社團「藝術世界」成員的作品幾乎都可以在此看到，像創始人貝努瓦為普希金的長詩《青銅騎士》所繪的珍貴插畫就在其中。這些畫家都是俄國現代主義藝術的健將，但隨著革命發生，畫家紛紛出走，其作品也散落在外。為了找回這些作品，收藏家希里別爾斯坦傾一生之力，甚至甘犯蘇聯當局之諱，與流亡藝術家或其遺族接觸，不惜重金買回瑰寶。收藏家在生前與普希金博物館館長達成協議，在主館旁成立這間私人收藏館，用以安置其兩千多件收藏品。在希里別爾斯坦的拋磚引玉下，近年收藏館已獲得越來越多的藝術品贈與，如構成主義藝術家羅德欽科與斯杰潘諾娃夫婦的作品、巴黎畫派的詩切倫貝格以及民俗畫家瑪芙林納的作品都由其後代贈予該館。這間小收藏館由安置個人收藏品的目的出發，已逐漸發展成為包羅俄國各時期和不同風格藝術的博物館。

走完展覽館，順著出口樓梯而下，迎面歡迎我的是一間明亮的咖啡廳。聞著咖啡香，我打心底感激這間收藏館的設計師，他們彷彿洞悉了參觀者的心思——在一場豐盛的藝術之旅後，疲憊的心靈只渴望一杯熱咖啡的慰藉。

俄國藝術家貝努瓦（A.N. Benua, 1870-1960）為《青銅騎士》作插畫的版本。貝努瓦是二十世紀初俄國新藝術團體「藝術世界」的重要成員，他為普希金的作品作了許多插畫。

離克魯泡特金地鐵站出口不遠的一個街頭金屬畫框裝飾——普希金散步像（丘光／攝），原作為普希金。

伏爾加河的商婦

有一陣子我失去了食慾，常在吃東西的當兒，飽足感偏偏跟隨而至，並以蠻橫的姿態逼退了飢餓，於是進食的慾望便在瞬間化為烏有。我的胃成了虔誠的修道士，體驗著東正教精神中「充盈的虛無」感受，但我的理智提醒我，這樣下去可不行。為了恢復食慾，我強迫自己休息，放鬆心情，看著美食雜誌進食，儘管成效不彰。

某日和幾位朋友聊天，席間有人提到觀賞庫斯托季耶夫那幅名為《喝午茶的商婦》的畫，可以讓食慾變好，這個建議引起我的興趣，回家後我立即將畫冊拿出觀賞。話說這位庫斯托季耶夫為何人？他是俄國繪畫現代主義流派的一員健將，以描繪俄羅斯民間風俗和商婦這兩大主題聞名，作品充滿著繽紛喧鬧的色彩和歡樂的節慶氣氛，一改寫實畫家筆下那種陰鬱、淒涼、單調的俄國鄉村印象。

以一九〇六的那幅《市集》而言，庫斯托季耶夫在畫裡描繪了古時俄羅斯鄉間市集的熱鬧景象：三兩成群留著大鬍子、打綁腿、穿樹皮鞋的莊稼漢，以及臉上包著圍巾、穿碎花裙的婦人，他們正開心地聊天或是採買犁鈀耕具；而臉頰紅撲撲的小女娃出神地盯著木頭玩偶，剃光耳朵下方頭髮的金髮小男孩吹著木笛，還有遠處一座如蛋糕般堆疊的綠頂白牆小教堂……這幅畫呈現的俄國農村景象是那麼令人熟悉，卻又美好得叫人不敢相信，或許，庫斯托季耶夫在《市集》裡並不意圖描繪現實，而是要創造他理想中的農村生活。

畫作《喝午茶的商婦》繪於一九一八年，裡頭最引人注目的當然是占畫面大半的那位豐腴的年輕商婦。她有著長橢圓臉，膚色白皙，嬌小的五官被多肉的臉頰擠到中間，表情精明，雙下巴，兩頰紅暈，臉以下，沒有脖子，直接開展是一片如肥沃扇形沖積平原般的雙肩；肩以下是寬闊的帶狀胸脯，再下去的圓桶形身軀則裹在一件蕾絲花邊的紫羅蘭緞面禮服裡，整體看來，簡直就像一座金字塔！

像這樣一位年輕的胖太太過的是什麼樣的生活？可能是圍繞著食慾打轉吧。只見她坐在室外喝下午茶，一張舖有白色桌巾的餐桌上擺滿食物：蜂蜜、果醬、乳酪、葡萄、蘋果和一個對半剖開的圓西瓜，和現今大飯店的下午茶相比，明顯失色，但是胖太太的表情顯示出她對食物感到滿意，兩道男性化粗眉高高揚起，不過她不急著享用食物，決定先喝茶。依照伏爾加河一帶商家的習性，她用茶碟喝茶，一個大肚腹的俄羅斯茶炊擺在桌上，供她隨時享用。只見她雪白滑嫩、粗圓如棒的右手將一只輕如羽翼的小茶碟端著，靠近自己兩片血紅的薄唇上，其姿態之盛大，好像打算用一輩子的時間將那一口茶慢慢啜飲；與此同時，眼睛斜睇著一隻站在欄杆上、磨蹭著自己左胸的肥貓。整幅畫面看來安逸、悠閒，一種屬於伏爾加河沿岸外省地區特有的舒緩步調，也是俄國作家喜歡以譏諷語氣稱為「庸俗」的資產階級地區的生活景致。

我觀賞著畫，讚嘆著胖女人的好食慾，自己也開始食指大動。庫斯托季耶夫的這幅浮世繪對失去食慾的我來說確實是一帖良善藥方，不過我感覺在這幅熱鬧的浮世繪裡還存有另一種幽默，就是畫家略帶嘲諷的善意微笑，這輕輕的笑聲絕對有助於消化因太多食物、色彩和肥胖人物帶來的飽膩感。

庫斯托季耶夫（B. Kustodiev, 1878-1927）畫的《喝午茶的商婦》局部，攝於莫斯科特維爾街上掛的複製畫（丘光／攝）。

蕭士塔高維奇的馬克白夫人

假如一切罪惡的緣起是因為愛呢？

莎士比亞的馬克白夫人是蘇格蘭大將軍馬克白的妻子，由於對權勢的渴求，於是唆使丈夫一同犯下弒君的罪孽，最終又不堪良心譴責而鬱結成疾，在夢遊中吐露實情，罪行因而敗露。莎翁的馬克白夫人代表著為權勢欲望所吞噬的女性悲劇人物。

這位蘇格蘭將軍夫人飄洋過海到俄國後，立即被寫實主義作家列斯科夫賦予了強烈嘲諷的意味。在名為《姆岑斯基縣的馬克白夫人》小說裡作家把將軍夫人變成伏爾加河畔小縣裡的商家媳婦——卡捷琳娜·伊茲麥洛娃。她和管家伊戈爾發生姦情，遭人揭露後，乾脆一不作二不休殺了公公和丈夫；續又為爭奪遺產而殺害無辜的幼小姪子。在封閉保守的俄國鄉下裡犯下三樁殺人罪行，卡捷琳娜卻沒有任何不安，比起莎翁的馬克白夫人，其鄙俗和冷血行徑實是有過之而無不及。

列斯科夫的《馬克白夫人》將革命前俄國商人階層的生活作了赤裸裸的揭露，書中充滿暴力糾纏的陰鬱力量，人物皆屬負面形象，尤其是女主角卡捷琳娜，作者對她完全不表同情，只稱她那「永不饜足的貪婪欲望如同俄國舒卡河一般凶猛狂暴」。

這一部暴露人性原始醜陋面貌的寫實小說不知何故竟引起作曲家蕭士塔高維奇的興趣，在寫給母親的家書裡，他提到從這本書中看到的另一個爭議的衝突點，就是假如一切罪惡的緣起是因為愛呢？又，以愛為名的犯罪是否值得同情？蕭士塔高維奇當時二十四歲，正陷於熱戀之中，他對愛情的力量感到震撼，想要尋找能夠反映這種強烈情感的化身，在列斯科夫的卡捷琳娜身上作曲家看到了這種力量。於是從一九三〇年起他埋首於歌劇《姆岑斯基縣的馬克白夫人》的創作，一九三二年十二月十七日完成，作曲家將它獻給新婚妻子尼娜・蕭士塔高維奇。

一九三四年這齣歌劇在俄國首演，凶手卡捷琳娜有了為自己辯解的機會，她再度變化，變成一位聰明、感性、有活力的女人，無奈下嫁到小地方的商人家裡，丈夫平凡懦弱，公公專制跋扈。卡捷琳娜不愛丈夫，對周遭生活的庸俗粗鄙也無能為力，她只能任憑生命在煩悶和無聊中流逝，直到新管家伊戈爾出現，喚醒她沉睡已久的熊熊愛火。卡捷琳娜不顧一切投入伊戈爾的懷抱中，但她不知伊戈爾別有所求，正是在他的慫恿下，卡捷琳娜才殺了公公和丈夫。東窗事發後兩人同遭流放，途中伊戈爾勾搭上另一位女犯人桑涅卡，便置卡捷琳娜於不顧。流放之路格外艱辛，但愛恨之火和良心折磨讓卡捷琳娜不覺露宿寒霜之苦，可是當她明瞭她的愛情沒有結果時，她不像童話故事裡的美人魚選擇默默退出戰場，而是捉住情敵一起投入伏爾加河的滾滾流水中，結束她痛苦的一生。

蕭士塔高維奇擺脫了原著小說裡的嘲諷性，把歌劇定位為悲劇，在音樂強大的感染力量下觀眾被感動了，所謂「人沒有心，自然也沒有罪孽」，卡捷琳娜是因為愛而犯罪，她的罪孽逃不過法律制裁，但獲得了觀眾的同情。於是卡捷琳娜．伊茲麥洛娃復活了，她從一個人盡唾棄的淫婦凶手重生為因愛奮不顧身、為愛犧牲一切的新女性形象，而這位來自姆岑斯基縣的馬克白夫人也成了蕭士塔高維奇對愛的詮釋。

我何其有幸竟見到它的燦然回眸

歌劇《姆岑斯基縣的馬克白夫人》上演後獲得了極大的成功，蘇維埃樂評家稱該劇為「第一齣蘇維埃經典歌劇」，將它與比才的《卡門》和柴可夫斯基的《黑桃皇后》相比。從一九三四年至一九三六年初該劇在國內外各地，包括克里夫蘭、布宜諾斯艾利斯、倫敦、蘇黎世和斯德哥爾摩等大城市演出，在費城和紐約也以音樂會的片段曲目演出過，托斯卡尼曾出任其中一場的指揮。

這樣輝煌的勝利直到一九三六年一月在史達林、日丹諾夫和卡岡諾維奇駕臨莫斯科大劇院觀賞後，隨即劃下句點。當月底，人在阿斯特拉罕的作曲家在路上買了份《真理報》，裡頭一篇編輯室文章的標題吸引了他的注意——〈雜亂無章取代了音樂〉，這篇文章批評作曲家在《姆》劇裡不懂得表達單純動人的情感，反而以轟鳴和尖叫將旋律吞沒，末了還以「除台上演出精采外，餘皆一無可取」作為結尾。這篇文章只是針對《姆》劇進行猛烈抨擊的序曲，之後相關批評陸續出現，清一色是謾罵文章，作曲家將這些文章收集起來，竟結成兩大冊。這場辱罵大會還進一步掀起了俄國國內無產階級藝術擁護者對形式主義的批鬥，從音樂、文學、繪畫、電影、戲劇到建築，無一倖免。

史達林為什麼不喜歡《姆》劇？這當然不是傳言中說這齣歌劇讓他想起自殺的妻子娜佳那般簡單。史達林是搞政治的，所有的出發點也是政治。評論家雅庫博夫說得好，「史達林不能忍受蕭士塔高維奇竟在《姆》劇裡重塑俄國人民所處的可怕環境，那充滿謊言和暴力的環境，裡頭氣氛讓每一個人似乎不由自主準備成為一個罪犯和劊子手。」所以，一切還是因為政治，至於報上那些「噪音」之說，只是黨工編輯們找來的藉口，目的是代上層行羞辱作曲家的任務罷了。

於是，《姆》劇的演出全數停止，海報也從牆上被撕下，隨風不知吹向何處。或許有人不捨，不捨它就這樣消失，於是偷偷將它收藏起來，等待冰霜融解的時刻到來，再讓它重見天日。六十年就這樣看似無聲無息，實則驚心動魄地過去了。而六十年後的一九九六年，人在莫斯科的我何其有幸竟見到它的燦然回眸，那確然成為我生命中無法忘懷的一夜。那一晚，白髮蒼蒼的大提琴家羅斯托波維奇風塵僕僕回到莫斯科，率領樂團站在柴可夫斯基音樂學院的音樂台上，向滿場的聽眾敘述他從學生時代起就夢想演奏這齣歌劇，但一直等到一九九六年的今天，在共產政權瓦解後，在作曲家九十歲冥誕的音樂會上，他才得以指揮家的身分，在莫斯科一圓這個等待了六十年的夢。當指揮家揮動手中指揮棒的那一刻，我想，實現夢想的不只是他一人，還有眾多在一甲子前曾為這齣歌劇感動過的聽眾，以及許許多多無緣見它第一面，但仍懷抱希望等待的有心人士。

六十年前，面對外界的攻擊，蕭士塔高維奇選擇以沉默回應，他沒有接受改寫《姆》劇的建議，也不以「公開道歉」的方式換得歌劇上演的機會，作曲家的感受外人無從得知，不過在一封給友人的信裡清楚透露他所承受的巨大壓力，他說：「這段期間我非常痛苦，也想了很多，結論是儘管這齣歌劇有許多缺點，但我無法將它毀掉。或許是我的勇氣不夠，但我以為，所謂勇氣，不只是毀掉自己作品的勇氣，還有捍衛它的勇氣。……而所有一切最重要是誠實。……你知道，對於自己的創作，我總是嚴肅以待而且非常誠實。」讀到這裡，我的腦中不禁浮現出蕭士塔高維奇那雙隱藏在圓形黑框眼鏡後面的眼睛，是那麼明亮、澄澈和溫和，雖不咄咄逼人，但絕對堅持。

字紙簍裡的普雷特涅夫

我沿著赫爾岑街（今稱大尼基茨卡亞街）散步至柴可夫斯基音樂學院的音樂廳，想看看有什麼演出節目，那天布告欄上掛著一幅海報，是俄國常見的那種白報紙上印著紅色藝術字體的制式海報，內容除了演奏家、曲目、時間和場地外，沒有任何多餘的文字或是照片，非常簡單、明確而俐落的海報設計。那天，我看到的海報上印著——普雷特涅夫，不會吧？真的嗎？我趕緊仔細再看了一遍海報上的字，沒錯！的確是米哈伊爾．普雷特涅夫。我立即到售票窗口買了兩張票，然後為了安撫興奮的情緒，我走到附近一家小吃店，站著喝了杯咖啡。我記得，那時心裡想的是：聽這位天才鋼琴家在自己的故鄉演奏，不知道會是什麼感受？

演奏會當天我和一位學妹一塊前往，只見大廳裡座無虛席，顯示普雷特涅夫在祖國的魅力。但是上半場的曲目對我而言相當冷僻，只見他靈敏的手指在迅速滑動和嘎然停止之間不斷往返，彷彿在挑戰我的耐性，對於我這種非專業的聽眾而言，那真是痛苦的折磨。我好不容易耗到下半場，感覺神經被古怪天才蹂躪得疼痛不已，可是普雷特涅夫沒打算讓我休息，在接下來的曲目，我依稀記得是貝多芬的曲子，他以毫不留情之姿將我的每一分情感逼出，聽到最後我激動不已，竟然落下淚來。我沒有想過在音樂會裡，一位音樂家能帶給聽者如此劇烈的情感轉折——從冷靜理智到那種襲倒一切的澎湃情感，那是不是只有普雷特涅夫才做得到？是不是他認為只有祖國聽眾才擁有承載這種洶湧波動的堅強心靈呢？唉！我不知道。

音樂會一結束，我便和學妹跑到後台找普雷特涅夫簽名，但一到那裡，發現隊伍早已一長排了，不過我倆還是不畏艱難地擠進隊伍間，然後我看到這位褐髮鋼琴家正和隊伍中的某些人擁抱、親吻臉頰，那親切的模樣幾乎讓我失去理智，想即刻排除所有障礙，衝到他面前。終於，我來到普雷特涅夫的面前，深呼吸一口，我正準備說：「你好，我來自台灣」，但普雷特涅夫，以極為迅速，甚至近乎不耐的態度將我的票根拿走，刷刷兩聲簽完名，就將票擲回給我，整個過程不到三秒鐘，他甚至連頭都沒有抬起過！一瞬間我愣住了，還來不及反應就被後面的隊伍給推了出去。我拿著票根和學妹無語地走出音樂廳，滿腔熱情完全冷卻，突然間一股更強烈的激憤湧上心頭，我開始連珠嘎地向學妹抱怨：「果然，音樂家本人跟他彈出的音樂就是有很大的差距！像他這樣冷漠高傲的人，我真不應該找他簽名，平白破壞一個美好的夜晚。這種人哪，還是止於遠觀就好。」一路上，我不斷喃喃自語，對著零下十度的冰冷空氣大叫，叫到自己都厭煩了才停止。

回到宿舍後，我又再看了一遍票根上的簽名，普—雷—特—涅—夫，完全無法分辨的潦草字體，我哼了一聲，將票根揉成一團，隨即丟進字紙簍裡。

就這樣，我將那張有普雷特涅夫親筆簽名的票根留在了俄國，而且只要一想起那天夜晚，感覺還是受傷。但是隨著時間流逝，我逐漸清楚一件事實，就是那天坐在休息室裡的音樂家，在他淡金色濃密睫毛底下那個讓我感到自尊心受挫的冷漠神情，其實更是一種疲憊，那種耗盡心力演奏之後的深刻虛空感，卻在我忙著自我安慰時，被刻意忽略掉了。

另一張沒有普雷特涅夫簽名的票根（丘光／攝）。

波修瓦前的藍色身影

娜塔莎是一位迷人的老師，笑容親切，上課從不遲到，下課絕對準時，但這並不表示她熱心教學。對學生的提問娜塔莎少有回應，嘴角的微笑因不耐煩而迅速消退，十足忽冷忽熱的個性。娜塔莎不熱衷解決學生的疑問，卻熱心介紹電影，常利用上課時間播放蘇聯影片，特別是由文學名著改編的電影，像《驛站長》、《復活》、《戰爭與和平》等，雖不免被人懷疑是「混時間」，不過她並不在意，總認為「從電影中體會人生要比埋首鑽研文法規則來得有意義」。

有次我透過朋友買到幾張便宜的波修瓦戲票，立刻想到娜塔莎，於是打電話邀約，只聽得話筒彼端傳來她熱切的回應，一反平時的冷靜，充分展現俄國人對劇院的狂熱。莫斯科大小劇院上百家，波修瓦為箇中翹楚；蘇聯解體後，俄羅斯國力江河日下，莫斯科市民的驕傲只剩下「乘坐便利的地鐵到波修瓦看場精采的芭蕾」而已。然而波修瓦的名聲吸引了絡繹不絕的觀光客，票價高漲仍供不應求，黃牛票漫天開價，對月薪相當低的教師們來說，波修瓦成了享受不起的娛樂。所以娜塔莎一得知有人出售便宜的波修瓦門票後，馬上顯得興致勃勃，向我問清楚門路，打算以後自行買票。

關於俄國劇院的多功能性，普希金在其詩體小說《奧涅金》裡有詳盡敘述，這是劇作家、音樂家一顯身手和贏得名聲之處，是演員用肢體和聲音、芭蕾舞星用擊腳跳和美技旋轉征服觀眾的競技場，是朝三暮四的時髦青年爭奪女演員芳心的擂台，是矜持的俄國人奉獻眼淚和掌聲的最佳場合……正是在那兒，在劇場的帷幕底下，普希金慨嘆：「我的青春歲月飛一般逝去。」

作家的這些話經過一個半世紀後依然適用。我看著身旁的娜塔莎，一身水藍色洋裝、細心上妝的臉龐顯得容光煥發，整個人專注地盯著舞台，陶醉其中。從那一夜起，她再度開始頻繁地出現在夜晚的波修瓦門前，燈光、柱廊、人群和喧囂都讓她感到愉悅自信。歌劇《黑桃皇后》、《戈篤諾夫》、《奧涅金》，芭蕾舞《天鵝湖》、《睡美人》、《愛的傳說》等，每齣她都要看好幾回，且樂此不疲，坐在旁邊的我忍不住打起呵欠，她則笑著拉我到小吃吧喝杯飲料。在那，香檳、葡萄酒香味四溢，魚子醬不斷供應，名媛紳士川流不息，彼此或攀關係，或拉交情，當然也順便比比行頭。娜塔莎參與不了競豔，但她還是仔細地將人群觀察個夠，然後才滿意地吁了一口氣。就這樣我們在劇院裡消磨整晚，直到帷幕落下，心中綻放的煙火依然沒有散盡。

後來我逐漸少去波修瓦，與娜塔莎也疏於聯絡，偶爾還會在學校裡遇見，但僅止於點頭致意而已。我知道，她仍然常到波修瓦看戲，享受那種華麗、盛大和熱鬧的氛圍，可我卻離那種感受越來越遠。然而，那時穿著水藍色洋裝站在波修瓦門前愉快留影的娜塔莎，一直停佇在我的記憶中——這成了波修瓦給我最深刻的印象。

波修瓦劇院前的路燈（丘光／攝）。

阿魯米小黃瓜

俄羅斯現在雖然號稱自由民主開放，但七十多年共產制度的施行，許多陋習非一夕能革除，官僚習氣的嚴重尤其令人詬病。為了申請親屬訪問的簽證，我費了一個多月的時間，在簽證辦公室門前的長長隊伍中，耐著性子等待，向面無表情的辦事員微笑，期待辛苦之後的結果。但最終我還是失望了，簽證沒有下來，辦事小姐只管把頭一低，暗示我該準備離開。

我懷著一肚子氣回宿舍，窗外的烏鴉還不停地叫。我打開收音機，正巧放著搖滾樂團「KINO」的歌，主唱維克多．崔用他那極具特色的嗓音唱著：「妳好呀！女孩，你好呀！男孩，你們從窗戶看著我，對我作出奇怪的手勢，因為我在帆布田上種著阿魯米①小黃瓜！三位楚科奇②地方的智者，沒完沒了地勸我：『金屬裡結不出果實，這遊戲只是浪費時間，你的努力不會有結果。』但我還是繼續在帆布田上種著阿魯米小黃瓜……」在種不出任何東西的防水布上栽種金

①阿魯米：即鋁。
②楚科奇是俄羅斯一個少數民族自治區，位於遠東的極東北處。

屬黃瓜，這一切豈不徒勞無益？這一切豈不荒謬？我突然想到自己的白忙一場，不就像維克多種「阿魯米小黃瓜」一樣？我不禁感到好笑，而這一笑也把所有的鬱悶都驅逐了，我決定把「KINO」的歌拿出來好好再聽一聽。

俄國搖滾樂團「KINO」於一九八二年在彼得堡成軍，靈魂人物就是主唱維克多・崔，他擅於觀察現實生活，將俄國八〇年代社會中那股壓抑、不耐、又渴求改變的氣氛淋漓盡致地反映出來，誠如《螞蟻窩》一曲所說：「新的一天又開始，車輛來來往往，太陽辛勤地升起，對我們卻不再有意義，螞蟻窩依然活著，也有人摔斷了手——小事一樁，無須煩心，就是人死了，也就死了……我不喜歡讓人騙，可也厭煩了真理，我試著尋找棲身之所，但他們說，我沒好好找。我們可以進行戰爭，對付那些反對我們的人，像那些對付反對我們的人一樣，沒有我們，他們一樣辦得到。我們的未來渾沌不明，而過去，時好時壞，口袋裡一毛錢也沒，又到早上了——起床吧！」這首曲唱出了俄國人民不願再被欺騙的訴求，而相對於進行無意義的戰爭，民眾更憂心的其實是他們不明確的未來。

一九九〇年，維克多・崔死於車禍，樂團跟著解散，八〇年代俄國搖滾樂的黃金時期於焉告終。但是，維克多的影響力並沒有隨著他的死亡消失，就像他在那首經典搖滾曲《改變》中發出的怒吼一樣：「改變！我們等待改變！」就是這麼簡潔有力的一句話打動了所有渴望變革的俄國人的心；也就是這麼一句話，預言了蘇維埃政權的垮台。一九九一年，共產蘇聯果真瓦解，俄羅斯獲得重生，而維克多・崔就這麼成了蘇維埃時期搖滾樂的最後英雄。

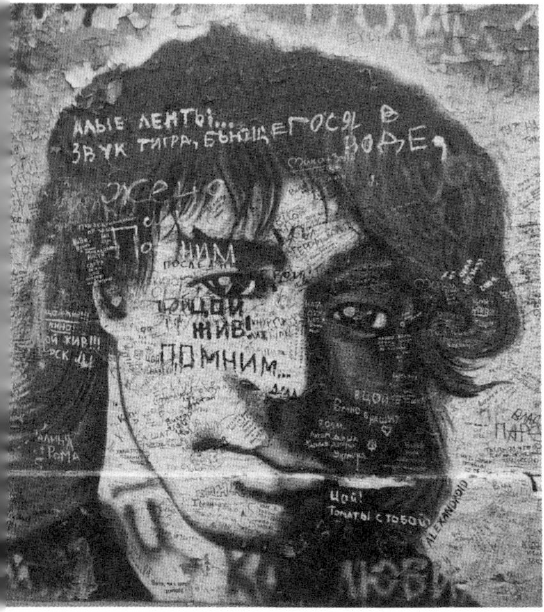

紀念維克多・崔的塗鴉壁畫（丘光／攝），原作為彩色，位於莫斯科阿爾巴特街巷內。

莫斯科一九九八

地鐵一抵市中心的馬雅科夫斯基站，我立即往車門外走，六月驕陽迎面射來，心頭一陣快活；轉身向右，快步疾行，像趕上班打卡，而其實沒趕什麼，只是走在特維爾街上，川流的人潮和車潮、浮躁的引擎和喇叭聲、惡臭的焦油味、房屋整修的叮咚敲打，就像在演奏一首激昂的進行曲。神情嚴肅、步伐穩健的行人——莫斯科人走路的姿態永遠和美國人、歐洲人和台灣人不一樣——像停不下腳步回答問路，也像催著你一起朝前邁進……我想起林強一九九〇年寫的那首歌〈向前走〉，很適合形容一九九八年莫斯科的特維爾街街景。

我走到一家法國咖啡館前，推開大門，J帶著一臉笑意向我招手，我點了咖啡，坐下和J一塊享受這家資本主義氛圍招搖的咖啡館。J來莫斯科工作已有十個月，常和我一起尋找有趣的店家吃喝玩樂，她曾說，來莫斯科不是為了受苦，而是冒險尋奇。J點了一根SOBRANI涼菸，輕吐一口，掠了掠短髮，喝了一口咖啡，跟著詢問我的生活狀況。「老樣子」我答，然後她才切入真正的話題——男女之間。我耳聽著J雀躍地描述異國激情，眼睛環顧四方，左手邊隔著張桌子坐著位婦人，一身貴氣地喝著咖啡，眼神卻顯呆滯，一杯喝完，起身就走；另一張桌子坐著一對年輕情侶（或許吧），有說有笑的，但也沒久坐，似乎咖啡館裡的客人和窗外的行人一樣匆忙。

蘇聯瓦解後，咖啡館如雨後春筍般開張，但人們卻停不下腳步，一是沒錢上咖啡館，二是當時莫斯科人尚未養成閒坐咖啡館的習慣，三是沒時間，彷彿稍一停歇，飛黃騰達的機會就從指間溜走……於是，店裡就只剩下我和J，望著大片落地窗，窗外街景熙來攘往，閒坐聊天似乎有些罪惡。

隔日下午三點我約了位新老師在莫斯科大學人文大樓二棟的教室見面，快走到教室前我在陰暗的牆邊看到一條人影，心裡百分百確定那就是我的目標：耐髒的尼龍外衣、中規中矩的便宜涼鞋、式樣保守實用的女用皮包，這即使不是全數，也是多數俄國女老師的模樣。

我的新老師NN有豐富的外國學生教學經驗，最重要的是她收費合理，這種按小時收美金的俄文課是許多大專院校的老師在微薄薪資外最大的外快收入。進入教室，她脫下外衣，裡面同樣是款式保守的服裝，不出意外，於是我的注意力很快就集中在課程上，兩小時課一結束，我按約定的每小時六美元的價格付清鐘點費，並約好兩天後見。

再和ＮＮ見面，她依然一身實用耐看的裝扮。兩小時的課程一晃眼就過，我和ＮＮ一塊走出教室，她心情看來似乎不錯，理由是我的論文題目——普希金和阿赫瑪托娃——充滿光明、理智和希望。我私下忖度著，這是否反映出她對現況不滿呢……

在台灣當教師曾經是讓人羨慕的職業，但在俄國卻不然，教師們的薪資低廉到令人咋舌，這產生一種極端的矛盾，心智靈敏、學識淵博的教授們一個月的薪資只有一百二十美元上下，遠不及四肢發達的夜店保全人員的收入。一位我認識的小學老師，這一年她的月薪「好不容易」提高到將近一百美元，而我當時一個月的房租是一百零五美元，可想而知在那樣的情況下，連上館子都不是教師階級的權利，到劇院也得請託關係拿到票才有可能。留學期間，我無緣識得半個「俄羅斯新貴」，貧賤的「夫子」倒是認識不少，我雖替他們低廉的薪資抱屈，但也佩服他們能在如此惡劣的環境下掙扎生存，並勉力維持尊嚴。其實現實生活雖苦，但是苦命的俄國「夫子」還是熬得過去，只要每天勤於奔波各教室之間，靠專業教授外國學生，收取美金「束脩」，還是有機會掙得資本世界裡所謂的「尊嚴」，不過前提是，假如沒有發生政變或是經濟危機的話。

J又約了我出去散步，莫斯科的兩個閒人這次選擇的是普希金廣場，它同樣位在特維爾街上，但整體感覺比較悠閒，往來路人有些帶著鮮花到普希金銅像前致意，有些坐在椅上撒麵包屑，餵那些體型已經很臃腫的鴿子吃。我和J邊走邊聊，繞過「俄羅斯」電影院和《消息報》大樓，拐進小巷，J瞟到一個小看板，上面寫著「商業午餐，十美金」（盧布的浮動大，商店多用美金標價），J一把拉著我就往裡走。餐廳位在地下室，幽暗異常，一邊牆上掛有一面超大螢幕，放映著蘇維埃時期的老電影，而我們坐在靠入口的一邊，這裡有酒吧檯，各種酒精類飲料都齊全，除了我和J外，還有一位男客，他的面前一杯酒，指間一根菸，室內太暗，看不清男子的表情，不過大白天的在這間暗得不能再暗的店喝酒，恍如詩人布洛克在〈陌生女子〉裡寫到：「兔子般紅眼的醉客叫道：『真理在酒中！』」的情境再現。後來我才知道，原來J和我誤打誤撞來到的是頗富盛名的「莫斯科演員劇院餐廳」①。

J後來離開了莫斯科，我則要回台灣一趟，行前滿城流竄著銀行要惡性倒閉的風聲，為保險起見，我到國營「農民銀行」把錢提出，一塊不少，頓時覺得自己小題大作。誰知回台灣後沒多久，八月起俄羅斯就爆發了金融風暴，這一次的

①莫斯科演員劇院餐廳（TRAM）：位在列寧共青團莫斯科劇院（Lenkom）大樓下方。

危機特別嚴重，葉爾欽領導的政府信譽破產，多家銀行倒閉，特別是私人銀行，原本貪圖高利息的存戶（外國人和本國人都有）最終落得血本無歸，外資紛紛撤走，俄國經濟幾近崩潰……我看著這震撼的消息，腦中一片空白，不知是該慶幸躲過一劫，還是慨嘆當時的慘況。一九九八年莫斯科的繁華恍若一場騙局，許多人的財富一夕間散去，一如它千年歷史中始終短暫的承平時日。

再回莫斯科已是一九九九年的事了，我和ＮＮ取得聯絡，依舊約在大學的教室見面。兩小時課一結束，ＮＮ像盡了責任般，回歸沉默，我邊收拾東西，邊狀似不經心地問：「最近如何？沒受到銀行倒閉的牽累吧？」ＮＮ卻沒有回答。二月嚴冬的午後，教室裡一片漆黑，我等了一會，終於聽她嘆了口氣，跟著是一句「很糟糕」，我的心隨之結凍。她幽幽地說：「我的錢全都泡湯了，我一堂課一堂課辛苦賺來的美金都沒有了，全都被銀行倒掉，我從來從來沒看過這樣不負責任的政府，放任銀行吞沒老百姓的血汗錢，早知如此我應該學老人家，把錢藏在床鋪底下還比較安全……」說完後她淚水克制不住地流了下來，我不知如何是好，只是呆坐一旁陪她。終於她拭去淚水，並為失態向我道歉，而我到底還是說了一句老掉牙的俄式安慰話語：「一切都會沒事的。」ＮＮ擠出一絲微笑，苦澀至極。看她鎮靜下來，我拿出「束脩」，恭敬奉上，她感激地收下。「以後怎麼辦？」我問，她回：「繼續教課，努力賺錢，只能這樣。」那天的感受真是沉重異常，因為面對金融風暴的受害者，想幫忙卻又無能為力。

一九九一年到九八年對俄羅斯人而言格外艱辛，外表看似生氣蓬勃，實則破敗蒼涼、危機處處，繁華奢靡到一貧如洗只是瞬間，這段痛苦的經驗至今還不時在小說裡浮現。近幾年俄國逐漸恢復生機，我在台灣的俄國朋友看好祖國前景，放棄台灣的工作，返回故鄉開創人生，我原本替他擔心，哪知他在電子郵件裡說現在莫斯科遍地是機會，錢非常好賺，有進取心者趕快前來。他的信讓我不禁莞爾。俄國轉型成自由民主國家之後，有些人確實嘗到資本主義的甜頭，但也有非常多的人認為以前蘇維埃時期的價值觀並沒有那麼不好，比較當然可以，只是路已難再回頭，要說二十一世紀初的俄國民眾和以前有何不同，可能就是趨向務實，拯救世界、解放民族、國家至上的口號被悄悄放在一旁，現代俄國人的當務之急是先安身立命，至於其他事情，或許，還不急。

莫斯科的阿爾巴特街（丘光／攝），這條西向的老街一直都是俄國與西方世界的主要聯絡道。

之二 讀過文學

諦聽時代的喧囂

我生活在喧囂的台北城，無時無刻不被喧囂包圍。

從一大清早起對窗鄰居的爸爸就大叫大嚷，很權威地指導小孩吃早餐、穿衣服。我覺得奇怪的是，和小孩講話有必要那麼大聲嗎？接著斜對門的人家開始叮叮咚咚敲打起來，加上電鑽嘰嘰嘰地尖叫，然後摩托車嗚嗚嗚、汽車引擎轟轟轟，不約而同出發上班去；跟著沒多久郵差先生在樓下大喊：「X號X樓，掛號！」一隻手還盡忠職守地「砰！砰！砰！」猛敲大門，直到找到人為止。待郵差的機車聲隱沒，宅急便也不甘示弱，轟轟轟咻！聲勢浩大地開上我們這位在半山腰的社區，不熄火的超大引擎聲穿透周遭幾十戶人家。在這些聲音之外，從一大早起就開始鬧的還有從泥土中蟄伏而出，為把握短暫生命而奮力嗡嗡嗡的蟬鳴，另外還有也想把握短暫暑假，一直在家門口打打鬧鬧以消耗過剩體力的小朋友。

中午到了，忽然間一陣沉寂，只剩下蟬鳴和冷氣機轟隆響，全球暖化後的午後太陽只是漸漸、稍稍、些微降低威力，跟著是婆婆媽媽出來串門子，一字一句沒有遺漏都傳入我耳中，只是聽不太懂，是我不熟悉的語言。一陣孤獨湧上心頭。入夜後住宅區裡也不沉寂，越晚越喧囂，十點多樓下賣花的老闆發酒瘋，一整排花瓶器材鍋碗瓢盆全讓他摔在地，接著老婆尖叫喊救命，然後「嘔咿嘔咿嗚！」的警車到。如果不是花店老闆，就是他隔壁一戶人家，因為停車糾紛和人起衝突，一來一往連番叫罵，或者是另一戶歐吉桑，只要一看到有人停車在他家門前，儘管是深夜十二點以後暫停都不可以，他不出聲、不罵人，只是用手在對方車上東拍西拍，讓防盜鈴聲大作，驚動四周鄰居，惟獨那輛車的車主沒知覺，於是歐吉桑再拍，防盜鈴再響，他寧可吵醒全社區的人也不肯讓人占他一點便宜，終於車主出來移車，這時才換成青蛙大合唱或是貓咪發情的淒厲叫聲，還有整個夏天都不間斷的冷氣轟隆聲……這是台版的「過於喧囂的孤獨」，而我們對抗喧囂的方法就是屈服、習慣、充耳不聞，此外別無他法可想，否則就像厭惡噪音至極的叔本華，可以用寫文章罵，不過不實際，實際辦法是加裝氣密窗，完全阻絕噪音，可是感覺接觸不了空氣，不太健康。

總之住在台北很難躲得過噪音侵擾，我為噪音所苦，直到看到捷克作家赫拉巴爾的《過於喧囂的孤獨》，才領略到原來轟隆隆的喧囂可以用哲學角度視之。

赫拉巴爾在小說裡闡釋的其實是一種抽象形式的喧囂，是腦袋和內心塞滿太多古今哲人和中西思想家的學說，像康德、黑格爾、耶穌基督和老子，他們彼此激烈辨證，然後又沒有個結果出來，外加上悶熱的空氣、壓力機噪音和綠頭蒼蠅大隊的攪局，這一場思想交鋒的饗宴注定造成小人物「過於喧囂的孤獨」，此一孤獨在境界上明顯比我的無奈要高明許多。

對喧囂聲特別敏感的還有一位俄羅斯詩人，名叫奧西普・曼德爾施坦，他是二十世紀俄羅斯最傑出的詩人之一，然而一生命運多舛，從帝俄時期到共產時期，他猶太人的身分讓他的文學之路走來始終不順。到了意識形態掛帥、只崇拜鐮刀和鐵鎚的蘇維埃時期，曼德爾施坦的生活就更加艱辛，再加上他敏感又激動的個性，讓他既容易得罪人，又容易遭人陷害，總之他一生都在寒冷和貧病的交替之下度過，作品長期被冷凍，連發表的空間也沒有，鎮日面對拘捕、流放，再拘捕、再流放的恐懼心理。曼德爾施坦在第二次流放期間死於海參崴的集中營，卒年四十七歲。

一九二五年，曼德爾施坦三十四歲時，寫了一本散文自傳，叫做《時代的喧囂》，這本自傳對詩人本身的私事沒有任何著墨，他反而把焦點放在聖彼得堡郊外的小城巴甫洛夫斯克、居住在俄國的法國姑娘所流行的風尚，此外他還寫芬

曼德爾施坦（Osip Mandelshtam, 1891-1938），俄國二十世紀初重要詩人，與阿赫瑪托娃同為阿克美派，第一部詩集名為《石頭》（右圖 1913 年初版書封上有題贈詞給阿赫瑪托娃），他認為詩語如石頭，詩人即肩負琢磨石頭的建築師。

蘭，寫居住在里加的猶太人混雜文化的生活習慣，寫一個書櫃蘊藏的歷史文化，寫永遠排不上風雲榜的普通人物，寫德國社會民主黨綱《愛爾福特綱領》……似乎他寫的都是邊境小事、無關核心，似乎各篇之間毫無關聯。然而果真如此？不，事實上聯繫各篇的不是情節和邏輯，而是聲音，時代的聲音，十九世紀末笨重、衰老的俄羅斯發出的腰酸背痛之音，是革命焦躁自私的高喊。這些聲音喧囂不斷，窸窸窣窣地從窗子裡滲進，從死水裡流出，從長了青苔的老兵身上，從姑娘們的泡泡袖裡，從不間斷鎮壓的暴動事件中，從身邊人物的談天說地，從小聲討論馬克思到越來越大聲講社會主義，從鋼琴家的手指，從小提琴的琴弦，從渴望帝國的榮耀變成渴望黨中央組織、戰鬥和宣傳的能力……時代的轟鳴越來越大，由不得人不聽。曼德爾施坦說他能做的「不是談論自己，而是追蹤世紀，追蹤時代的喧囂和成長。一位平民知識分子是不需要記憶的，他只需要談論他閱讀過哪些書籍，傳記便是現成了……我和同時代的人都背負著口齒不清的重擔……僅僅是在諦聽了越來越高的世紀喧囂、在被世紀浪峰的泡沫染白了以後，我們才獲得了語言。」

曼德爾施坦的話裡面很重要的一點是「諦聽」，他以客觀和非我的冷靜態度去諦聽他前半生的時代氛圍，和赫拉巴爾以感性的態度諦聽他晚年時代的喧囂不

《時代的喧囂》1925年版書封。

同，但是兩人同樣都擅長諦聽，聽時代的聲音，聽世界文明的聲音。回頭想想我們自己，往往說話比聽話要快，又常常不聽人說，久而久之就失去了諦聽的能力。再看看，小嬰兒的聽力發展遠比說話要早，大人會用不同的聲音來刺激嬰兒的聽力，教他用諦聽來認識世界，可是卻忘了自己是否也是以同樣的態度看世界。我最近驚訝地發現，當我母親說「燙」的時候，我那兩歲的女兒就會說「ㄒㄧㄡ」（台語「燒」），當她聽到奶奶說「睡覺」，她就會說「ㄙㄨㄞ　˙ㄇㄛ」（客語「睡夢」），小孩子從聆聽當中培養自己的說話能力，大人又何必找藉口封閉自己的聽力。一個時代的喧囂和另一個時代不同，前十年和後十年也不一樣，懂得諦聽時代的喧囂，才能傳說出一個時代的精采故事。

打開世界之眼

普希金有「俄羅斯詩歌的太陽」和「俄國現代文學之父」的美譽，他短短三十八年的一生精采非凡，歷經保羅一世、亞歷山大一世和尼古拉一世三朝，文學活動他總結了俄國十九世紀之前所有詩歌類型的成就，並開啟寫實小說路線，在他以前俄國文學只是一個努力吸收西歐文明精華的辛勤學生，從他之後俄國文學開始發光，引人注目，甚至轉而折射回歐洲。想認識俄國文學，不能不了解普希金之影響俄國文學，以及俄國文學之影響世界間不可分割的關聯。

普希金生平故事的精采絕不下於他豐富的創作，他和他的同時代人一起開創了俄羅斯詩歌的黃金時期，而十九世紀動盪的歐洲歷史也造就了普希金那一代人開闊的世界觀和崇高的理想主義，如果說普希金是一位不出世的文學天才，倒不如說他是被環境造就出的天才，普希金的博學多聞有很多不是在學校唸得的知識，而是和前輩和同儕腦力激盪出的火花，那是一個崇尚知識、喜好文學和藝術

亞歷山大・普希金（Aleksander Pushkin, 1799-1837），俄羅斯詩人、小說家、評論家和出版家。右圖為自畫像。

的年代，像普希金的伯父到死前還唸唸不忘文學，走到書架前拿下他最愛的法國詩人詩集，嘆一口氣，才伏在書上死去。此外，普希金和朋友們的談話總是可以隨意地將希臘羅馬神話、歐洲和古俄歷史以及哲學旁徵博引，時至今日，俄國作家的作品裡依然展現出對世界文明廣泛的興趣和嫻熟的知識，所謂打開世界之眼、懷抱民族文學之心，這應該是普希金留給俄國文學一個很好的傳統。

童年時期

普希金出身於古老的貴族家庭，祖先輩在軍事和外交上有許多光榮事蹟，到了伯父瓦西里和父親謝爾蓋這一代，其興趣轉向藝術，喜好文學創作。父親後來娶了一位有阿比西尼亞人血統的貴族姑娘娜傑日達為妻，生下小普希金，所以普希金外貌上也帶有非洲人的特徵——略長的眼睛、柔軟的鬈髮和微黑的皮膚。在俄國詩歌和繪畫中常常有以「黝黑的少年」①為主題的作品，指的就是普希金——永遠青春和充滿靈感的繆斯化身。

父母大部分時間都忙於社交，較少關心孩子，普希金又是最不受寵的一個孩子，所以小時候起他就是一個敏感、孤獨，想像力豐富，但脾氣暴躁的孩子。父親按當時俄國貴族的習慣為孩子請來法籍家庭教師，因此普希金自小就嫻熟法

①作者注：例如二十世紀詩人阿赫瑪托娃深愛普希金，便在自己的詩中稱他為「黝黑的少年」。

語，還喜歡跑到父親的圖書室讀大量的法文書，如荷馬史詩。除家教上課時間外，小普希金的生活大部分由奶媽阿麗娜．阿吉奧諾芙娜來照料，她是農奴出身，已獲得自由，但不願回家，仍留在普希金家中照顧小主人，她是普希金最愛的親人，普希金在她身上得到的不只是關心和照顧，還知道了非常豐富的俄國民間故事、俚語和民謠，所有這些後來都被運用進他的詩歌裡，這段期間為普希金日後的俄國民族文學形成打下豐厚的基礎。

沙皇村的歲月

普希金十二歲的時候父親才送他去學校讀書，那是一所新學校——皇村中學，目的是培育貴族青年為「國家各重要部門的有用之材」。普希金順利通過了入學考，一八一一年十月十九日學校舉行開學典禮，沙皇亞歷山大一世還蒞臨觀禮。普希金在皇村中學度過六年的歲月，那是他一生中最美好的時光，他結交了許多一輩子的好友，像是丘赫爾別凱和普辛等。一八一四年十一月學校舉行升級考試，由大詩人傑爾扎文主考，普希金朗誦了〈沙皇村回憶〉一詩，讓垂垂老矣的大詩人深為感動地說：「這位學生將會取代我。」

普希金早期詩歌帶有古典主義精神，這是他向前輩羅曼諾索夫、馮維辛、傑爾扎文、拉季謝夫、克雷洛夫學習的結果，不過他很快就轉向浪漫主義，前輩卡拉姆金、茹可夫斯基和巴秋什可夫都是他模仿的對象，但不同於前輩詩人喜歡用莊嚴的史詩體來處理俄國歷史題材，他傾向用詼諧、趣味和新奇的口吻來描述古代勇士冒險的敘事詩體裁，他初期的敘事詩《魯斯蘭與柳蜜拉》即為其中代表。

普希金的浪漫主義詩歌一開始展現的是歌頌自由和反抗專制的革命浪漫主義情懷，這其實多是受到身邊朋友的影響，新朋友如恰達耶夫出身驃騎兵團，文武雙全，喜歡討論哲學，還有禁衛軍卡維林以及驃騎兵拉耶夫斯基，這幾位新朋友都痛恨農奴制度和專制暴政，一心想在農奴制的祖國進行改革。還有普希金最好的朋友普辛也幻想革命，甚至早就參加祕密小組，他一度想告訴普希金這件事，但是和其他朋友討論後，決定仍讓普希金用詩歌來呼應他們的革命志業。

一八一七年六月九日普希金從沙皇村中學畢業後以十等文官的身分被分派到外交部供職。可是他對工作不感興趣，反而躲到鄉下，把全部精神投入《魯斯蘭與柳蜜拉》的創作上。

早期文學活動

從鄉間回來後他便正式加入「阿爾扎馬斯」文學社，文學前輩卡拉姆金、

普希金於 1816 年結識在沙皇村服役的驃騎兵團軍官恰達耶夫（P. Chadayev, 1794-1856），對他真誠崇拜，寫下〈致恰達耶夫〉等多首詩，但並未得到回應的詩作。事實上恰達耶夫以思想見長，不擅寫，尤其是詩歌。1836 年恰達耶夫在《望遠鏡》雜誌發表措詞激烈的〈哲學書簡〉一文，嚴厲抨擊沙皇專制政權，之後雜誌社被迫關閉，他則被政府宣布為精神病患，禁止他繼續寫作。普希金對〈哲學書簡〉的內容不表贊同，寫信向他表達：俄國應該走自己的路，不應凡事都向西方看齊。由此看出兩人之後對俄國歷史發展的看法已經有很大分歧。右圖是普希金手繪的奧涅金想像圖，奧涅金這個文學人物形象有一部分來自恰達耶夫。

茹可夫斯基和巴秋什可夫都是成員。除了「阿爾扎馬斯」社，普希金還常常參加一個叫做「綠燈社」的文學戲劇小組以及另一個叫做「俄羅斯語文愛好者自由協會」。以「綠燈社」來說，與會人士除了討論嚴肅的議題外，也有快活的酒宴，普希金來一向喜歡熱鬧，也喜歡積極的創作和激烈的討論，對他來說這是一種快樂和享受。

普希金從踏入文壇起就是最受喜愛的詩人，特別是他的一些抨擊時政和揭露社會的詩歌，讓進步的知識分子把他視作是自己的代言人，不過這也引起沙皇當局對他的不滿和刻意抹黑。

流放南方

一八二〇年三月耗時三年的《魯斯蘭與柳蜜拉》完成，作品有強烈挑戰前輩茹可夫斯基的意味，但心胸寬大的茹可夫斯基讀過之後送給普希金一幅自己的肖像，畫上題有著名的「被擊敗的老師送給勝利的學生」的題詞。在這之後沒多久內政部收到一封檢舉普希金的信，上頭跟著進行調查，最後將普希金調離到南方，名稱雖是職務調動，實則為流放。普希金一開始心情鬱悶，還患了瘧疾，不過當地長官對他還算好，病癒後他前往高加索山區，看到壯麗的山河，聽聞當地的民間故事和傳奇，他的浪漫時期也進入新的階段——蓬勃不可遏抑、滿是悲痛和叛逆的激情，這一時期的代表作有敘事詩《吉普賽人》、《強盜兄弟》和《巴赫奇薩萊的淚泉》。南方流放期他到過比薩拉比亞和奧德薩，見到大批希臘獨立運動被鎮壓之後的逃難者，談了好幾次短暫的戀愛，鬧出了許多糾紛，愛上羅西尼的歌劇，還聽到拿破崙和拜倫的死訊。當他已經在南方混得很熟之際，沙皇下令將他調回到北方，到其父母的領地米哈伊洛夫斯科耶，交由當地政府監管。

流放北方

相對於南方的繽紛熙攘，北方顯得偏僻淒涼，只有老友普辛來探望，並帶來格里鮑耶朵夫的劇作《聰明誤》。幽居的頭幾個月裡普希金不知疲倦地創作，包括《葉夫根尼・奧涅金》、《吉普賽人》和《鮑里斯・戈篤諾夫》都陸續開展和完成。米哈伊洛夫斯科耶的生活儘管枯燥但並不寂寞，普希金身邊圍繞了好幾位女性，彈琴、歌唱、唸詩，替他解悶，他還在這裡和一位曾在六年前有一面之緣的女性重逢，即安娜・凱恩，普希金為此寫下一首他最好的情詩〈我記得那美妙的瞬間〉。

十二月黨人事件

一八二五年十一月末，亞歷山大一世在南方塔干羅格駕崩，沙皇無子嗣，應由其二弟康士坦丁繼任，但他卻拒絕，表示自己寧願待在華沙，並向三弟尼古拉宣示效忠，尼古拉對這意外的結果亦感吃驚，沙皇之位虛懸近一個星期，趁這空檔青年近衛軍官組成的南北兩社決定聯手起義，十二月十四日在尼古拉宣示繼任沙皇之位的當天，三千軍官包圍彼得堡參政院廣場，拒絕對尼古拉一世效忠，並要求他放棄專制和廢除農奴制，雙方僵持近一天，傍晚尼古拉一世下令開槍，暴動很快結束，多人遭到逮捕，史稱「十二月黨人事件」，未幾南社成員亦遭到逮捕，新沙皇決定親自審訊犯人。普希金按捺住內心的焦急，沒從米哈伊洛夫斯科耶偷跑到彼得堡。不久逮捕名單出來，裡頭有他多位好友，包括雷列耶夫（後被處死）、別斯圖熱夫、普辛及丘赫爾別凱，特別是後兩位，他的沙皇村同窗好友遭到逮捕，對普希金的打擊更是嚴重，甚至直接威脅到他自身的安全，他於是燒毀自己對這群當代傑出人才所有的筆記，等待自己可能被捕的命運。

一八二六年就在沉鬱的心情中他寫下〈先知〉，立下俄國詩人應當以負起先知的崇高使命自居。同年秋天他接獲命令，沙皇恩准他回到莫斯科。隔年他才終於獲准返回首都彼得堡，只是這裡已經面目全非，所有的熟人和之前的社團全都不見了，生活變得冷淡無聊、規規矩矩、惺惺作態。

一八二七年底到一八二八年間他因為幾首詩歌連續遭到政治審訊和官方教會的攻訐，幾翻波折最後總算平安落幕，但是普希金對文字官司、檢查制度和沙皇當局的踐踏人權已經是憤怒在心。

岡察洛娃與鮑爾金諾金秋

一八二八年年底普希金返回莫斯科，在一次舞會中遇到一位讓他傾心的美人——十六歲的娜塔麗雅·岡察洛娃，她是一位家道中落的商人之女，父親有憂鬱症，母親性格乖張又跋扈。詩人愛上了少女，請人提親，但一直沒被接受，直到一八三〇年他的提親才得到首肯。

因為兒子要成婚，作父親的把位在伏爾加河一處偏遠的自家莊園分給了他，叫做鮑爾金諾，普希金於是隻身前往領地，開始學習當一名地主。到了當地沒多久就遇上霍亂，被迫留下，學習查帳、聽農民告狀、看狀子，和官府打交道，此外他開始寫起小說，這一組小說他後來取了一個總名，叫做《貝爾金小說集》，開了俄國寫實主義小說的濫觴。此外他又完成四部戲劇作品，仿莎士比亞，描寫嫉妒、吝嗇、情慾和魯莽造成的悲劇，統稱小悲劇。鮑爾金諾之行最後帶來豐碩

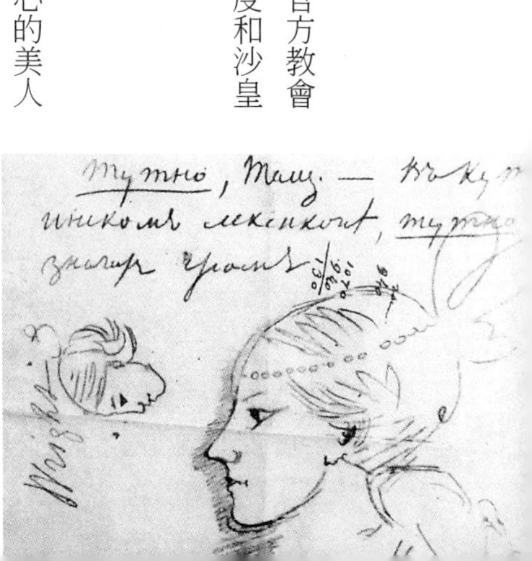

普希金在手稿中隨手畫的岡察洛娃肖像。

杜蘭朵公主噴泉

特維爾街上的《喝午茶的商婦》複製畫

搖滾歌手維克多・崔的塗鴉壁畫

阿爾巴特街上的奧庫扎瓦雕像

佩爾佐娃宅

謝爾基三一修道院的拱門

別墅小屋的陽台

黑醋栗

的創作成果，特別是他的詩體長篇小說《葉夫根尼．奧涅金》完稿，此行獲得了「鮑爾金諾金秋」的美稱。

一八三一年二月普希金和娜塔麗雅舉行了婚禮，婚後在沙皇村住下，有過一段幸福歲月。沙皇尼古拉一世其實很中意娜塔麗雅，所以對普希金娶她一事感到頗為不快，一八三三年年底沙皇甚至故意封詩人為宮廷低級侍從官，有意給他難堪，接下來一年普希金和宮廷的關係非常緊張。一八三六年年初他當上《當代人》雜誌的主編，整日埋首工作以忘卻一切外界的煩擾，十月他完成長篇小說《上尉的女兒》，是以普加喬夫之亂為背景所寫的故事。

決鬥與死亡

普希金因職務之故認識了以言論機智和道德敗壞聞名彼得堡的荷蘭公使蓋克倫，這位公使從一八三四年起常常帶著一位年輕的美男子出入社交界，他是法國人，叫喬治．丹特士，是波旁王朝的忠實擁護者，七月革命後逃到俄國，躲進荷蘭公使的庇護之下。丹特士以近衛軍身分時常出入彼得堡的沙龍界，對普希金漂亮的夫人一見鍾情，甚至不避嫌疑公開追求，上層社會於是睜大著眼睛準備看好戲，各種黑函、中傷和流言閒語不斷，令普希金深感困擾。

一八三六年十一月普希金接獲一封匿名的誹謗信，他認為是針對他的妻子而來，他憤怒至極，向丹特士提出決鬥的要求，但是被沙皇禁止。丹特士轉而向娜塔麗雅的姊姊求婚，反而成為普希金的姻親，但是丹特士婚後並沒有停止對娜塔麗雅的愛慕行為，更變本加厲，使得周遭人物都非常尷尬。一八三七年一月二十五日①普希金寫了一封措辭激烈的信給荷蘭公使，連帶污辱了丹特士，丹特士於是向普希金提出決鬥請求。一八三七年一月二十七日兩人以手槍決鬥，丹特士開槍擊中普希金的下腹，造成重傷，詩人被抬回家，痛苦了兩天，在一月二十九日下午近三點時斷氣。

後記：

這篇以傳記的形式敘述普希金和他的同時代人，對我來說相當重要，透過他的生平與創作歷程，不僅讓我清楚了解到詩人所處的時代氛圍和世界觀，更打開了我的感官之眼，指引我探索詩歌語言的美。

①此段皆以俄國舊曆標示，十九世紀的舊曆比新曆晚十二天。

青銅騎士的司芬克斯之謎

剛到彼得堡時我住在彼得堡大學位在芬蘭灣上的學生宿舍裡，傍晚無事時我偶爾踅到海邊眺望，驚訝那海是如此安靜，似一面平滑水鏡，深沉無言，而襯著這片寧靜海的是低平灰白的穹蒼，黯淡無神，這裡就連黃昏也顯得遲鈍緩慢……我看著海面，看著天空，看著周遭三兩人群，看著這不尋常的寧靜，心底升起一股不自然的恐懼，這座城市真是太貼近海了！伸手便可觸得，完全沒有任何岩石山壁作為屏障，然而那看似平靜無聲的海有可能只是偽裝的溫馴，誰知它哪時會發起怒來，用翻騰暴漲的波濤淹沒這座城市呢？畢竟這城市的誕生是由於竊取了海洋的領域呀。

彼得堡就跟荷蘭和威尼斯一樣，也是一座人類意志跟大自然搏鬥下的偉大勝利，所以普希金在《青銅騎士》裡說的那句名言：「上天注定，讓我們在這裡打通一扇朝向歐洲的窗口」——一直以來都是彼得堡偉大和彼得大帝堅強意志的最佳詮釋。的確，三百年前涅瓦河入芬蘭灣口的這裡確實還是一片沼澤泥濘，多少探險家、海盜和商人在此來來去去，卻只有幾戶破落的芬蘭漁家定居在此，坦白說這顯示此地不宜人居，但是強人彼得執拗地要在這裡建立一個前進西歐和爭奪海洋強權的據點，他果然達到目的，創造了這座北方威尼斯和霸權帝國。

但是偉大和災難其實常是一體兩面，南方威尼斯的地平線逐年下降，而貫穿這座北方威尼斯的涅瓦河也是長年氾濫，事實上從建成之日起彼得堡就不斷遭受水患，不是二十年、十年一次大水災，而是五年、三年的一氾濫，若仔細觀察沿河堤岸和住宅外牆，會發現那裡多刻有淹水高度的痕跡。究竟彼得堡是人定勝天的代表，抑或是狂妄意志張揚後揮不去的夢魘？對任何一位彼得堡人來說這都是難以回答的問題，但卻也是彼得堡作家最鍾愛的主題，從普希金、果戈里、杜斯妥也夫斯基到二十世紀象徵派的詩人布洛克、別雷，還有阿克美派的阿赫瑪托娃及曼德爾施坦，彼得堡這個意志與表象世界的交鋒一直是作家們創作的命題。

「我愛你，彼得創建的大城／我愛你嚴肅整齊的面容／涅瓦河的水流多麼莊嚴／大理石鋪在它的兩岸／我愛你圍牆上鐵鑄的花紋／你那深沉靜寂的夜晚／無月的光亮、透明的薄暗……」普希金在《青銅騎士》裡歌頌彼得堡的莊嚴宏偉時，其實已經看出一個矛盾，就是這座大理石砌成的彼得堡同時也是一座嚴厲和冷酷的城市，因為它的誕生既違反自然，又是因應時勢所趨，這是一種詭異又無可避免的衝突，而大理石堤岸的目的就不能僅是美觀，它要被拿來作為對抗大自然無時無刻、無止無休的反撲攻擊之用。

普希金在創作《青銅騎士》之前，其實先受了波蘭民族詩人密茨凱維奇的刺激，因為後者寫了一首表達對俄國帝王，甚是俄國人厭惡之情的詩，在這樣的情況下普希金決定以創作為自己國家、民族和歷史走向作辯解。這一部思慮深遠的作品不論從內容、情節和作者的情感上都顯得相當衝突，首先，《青銅騎士》是韻文體詩歌，但普希金自己又把它叫做「彼得堡故事」，顯而易見，他想在《青銅騎士》裡講述一則有人物、情節、反映現實的故事，可是在說故事之前詩人又花了很大的篇幅，以他非常擅長的頌詩體來推崇彼得大帝的膽識和前瞻，當然還有彼得堡的恢弘壯麗，這一部分也就是大家最熟悉的前段，然而在此之後普希金話鋒一轉，以沉鬱哀傷的語調敘述起另一則關於一個小人物和他渺小夢想破滅的故事：一位個性溫吞又膽小的公務員葉夫根尼，他最大的夢想是想娶一位叫做帕拉莎的女孩為妻，和她一起建立溫馨又舒適的小家庭，可是一八二四年，一場秋季突來的暴風雨引發了涅瓦河洪水氾濫，暴漲的河水淹沒了沿海一帶屋舍，包括帕拉莎和她母親的小屋在內，兩人慘遭滅頂，而目睹河水暴漲的恐怖景象，再加

俄國藝術家貝努瓦為《青銅騎士》作插畫的書封（1923年版）。彼得大帝雕像於一七八二年落成，是凱薩琳女皇獻給彼得大帝的紀念，以彰顯她繼承的正統。這座銅像塑造的彼得大帝威風凜凜，是一個至高無上的法律制定者，而座騎前蹄昂揚高舉，後腳踩在象徵邪惡的巨蛇之上，象徵彼得的征服與勝利，生動表現出彼得專制帝王的威儀、氣魄和膽識，成為彼得堡的精神象徵。普希金的創作概念從這座雕像而來，但是到了後來「青銅騎士」這個名稱卻成為這座彼得大帝雕像的代名詞。

上愛人死去的雙重打擊，讓軟弱的葉夫根尼從此發了瘋……

故事說到這裡看得出，普希金本人一方面既欣賞彼得大帝的雄才大略，一方面又明白與海爭地而來的城市本身所逃不過的淹水宿命；而當他激昂熱情地稱讚彼得大帝的同時，卻又對受彼得拖累的小人物葉夫根尼滿懷同情，普希金將彼得大帝人定勝天的意志和彼得堡的天災水禍，以及小公務員葉夫根尼的悲劇同時放在《青銅騎士》裡一塊談論，構成了全篇結構上一個相互對立的衝突三角，而這三角衝突並不會因為彼得大帝過世結束，卻是由他意志的表徵，即那座矗立在十二月黨人廣場上的彼得大帝青銅騎士像取代，繼續這一個無解的三角宿命，這也是《青銅騎士》名稱的由來。

回到一八二四年涅瓦河氾濫後的彼得堡，某夜，發了瘋的葉夫根尼又來到一年前河水氾濫的地方，就是那座青銅騎士之前，他看著銅像，想起了自己的不幸，失去理智的他於是對著銅像罵出憤恨的話，而這座銅像，眾所週知，代表的就是彼得大帝，只是瘋子也知道銅像沒有生命，半清醒半糊塗的葉夫根尼藉著瘋癲壯膽，將他原本一輩子可能都沒有勇氣說出去的話衝口而出，獲得了宣洩，可是糟也就糟在他瘋癲，在模糊不清的意識中，葉夫根尼覺得被他凶了一頓的青銅騎士竟轉頭向他怒目而視，他嚇了一跳，拔腿轉身就跑，然而未幾身後便傳來「達達達」的馬蹄聲，那座青銅馬竟然動了起來，向葉夫根尼追趕過來，發了瘋的葉夫根尼於是更害怕，滿城狂奔，他整夜不停地跑、不停地躲，但「達達達」的馬蹄聲始終緊跟在他的身後，他從月光投射的地面上看到青銅馬和青銅騎士巨大的陰影，始終強壓在他的頭頂上方，讓他無從躲起，他軟弱無力的小人物意志即便是發了瘋，依舊得臣服在巨人的陰影下……經過那驚恐的一夜後，葉夫根尼每次經過銅像前都要將帽簷拉下，低著頭，默默從旁走過。幾個月後在沿岸一座小島上發現了葉夫根尼冰冷的屍體，他孤零零一人死在一棟破敗的小屋裡。

這就是普希金的《青銅騎士》，不是只有對彼得大帝的歌頌，也不是只有大自然力量的反撲，還有小人物的悲哀，不管是暴力的強人意志或是大自然反撲的回馬槍全都無情地落在小人物身上，讓他的死亡無可避免，這是俄國文學最早的人道主義關懷作品。可是除此之外，普希金設下的這個複雜、矛盾、無解的衝突三角一如蹲據在涅瓦河畔上的人面獅身司芬克斯的「謎」，是彼得堡擺脫不去的宿命，即便彼得大帝的肉身已經化為灰燼，煙消雲散，即便小人物也已經學會開口說話，爭取自己的權益，但是這個三角衝突依舊會籠罩在這個城市的上空。

看完《青銅騎士》後我不免有感慨，這是普希金一八三三年成熟時期的作品，在這部只有八百四十一行詩句的敘事詩中他思索的不只是俄羅斯歷史和國家的走向，還觸及了一個二十一世紀非常敏感的課題──環境的省思，人與大自然的競爭究竟是智或不智？從這個角度看，《青銅騎士》應該算是很早的一部環保文學作品，環顧現在世界上多重的自然災害，像是土石流、各種污染和全球暖化現象，不都跟《青銅騎士》裡提到的水災情節非常相似嗎？只是在十九世紀家國民族等議題的討論顯得迫切許多，大自然反撲的主題卻乏人注意，不過時至今日這題目看起來卻恰好正是新鮮。

俄國經典文學裡的賭徒

俄國文學之所以經典，一般認知是因為「震撼人心的道德力量」，然而或許這只是一種切入角度，一種說法，一種慣常的說法。讀者似乎也慣用崇高的目光注視俄國「苦難」大地的文學，「苦難」一詞格外要緊，它不僅「等於」俄國文學，甚至主導讀者對俄國作家的印象和情結：杜斯妥也夫斯基被套上手銬腳鐐前往西伯利亞服苦役的受難形象，托爾斯泰面對善良農民而產生良心不安的煎熬，這兩人像是協力互補似地幫讀者把不想承擔的良知折磨一肩扛下，如此這般，彼成了道德救贖的象徵，而讀者獲得了解脫，兩方互蒙其利，「經典」於是成形。

然而事實上這些俄國文學家，從普希金到契訶夫，並非呱呱墜地起，就立志要當「先知」，或是「人類心靈的導師」，大部分的他們和你我一樣，都經歷過一段徬徨少年時，唯一的不同，也是很大的不同，在於他們將生猛奔騰、放肆不羈的青春活力灌注到文學志業上，而且一路獻身到老到死，所謂撼人的道德力量，其實更多是源自於文學成熟時期對年少輕狂的懺悔和省思，屬於創作生涯的一部分，卻絕對不是全部。

道德救贖下的俄國文學其實存在著另一個面向，也是它最迷人之處，就是一種無與倫比的狂熱和激情——對明知不可為卻一往直前追求的偏執情感，對愛情如此，對賭的態度更是堅定。只要稍加留意，不難發現十九世紀乃至二十世紀的俄國作家中，包括普希金、萊蒙托夫、屠格涅夫、涅克拉索夫、杜斯妥也夫斯基、托爾斯泰、契訶夫、庫普林、安德列耶夫、馬雅科夫斯基、扎米亞欽等這些撐起俄羅斯經典文學的作家作品中，有相當比例的篇幅，內容都脫離不了賭和賭徒。

俄國作家之所以精賭，原因在於那是貴族階級和社交圈最熱衷的遊戲，而十九世紀俄國作家大部分出身貴族，要他們不熟悉這項遊戲，那才是怪事，這群作家幾乎都是從牌桌上開始「轉大人」的，例如托爾斯泰有一篇〈彈子房計分員〉的短篇小說，這是在講一個初入社交圈的貴族青年想從撞球桌上認識這爾虞我詐的大人世界，最後卻是輸光所有一切，憤而自殺，這一篇故事除了揭露賭博在俄國貴族社會風行的程度，其警示意味也非常濃厚。

的確，牌桌上看盡人生真諦，但是對俄國作家而言，玩賭寫賭的意義不光在賭博本身，而是一種近乎形而上的命運探索，希臘神話用人倫悲劇和命運對決，俄國文學用賭博挑戰命運。且看普希金的《黑桃皇后》，作家精確掌握了當時社交圈對一種謠傳的賭博必勝牌（三點、七點、十一點）的期望心理，轉化成小說創作，塑造了蓋爾曼此一狂熱求勝的投機分子，然而他仍敵不過命運的惡意玩笑，最後輸在「黑桃皇后」這一張致命的牌上，他於是失去了理智，成了瘋子。

還有始終被台灣讀者遺忘的優秀俄國作家萊蒙托夫，他在《當代英雄》裡的〈宿命論者〉一篇提到的那位烏里奇中尉，一個宿命論賭徒，他對賭的癡狂著迷，俄國文學史上無人出其右，如果再加上貫穿整部小說的男主角佩喬林的話，儘管他並非耽溺牌桌的賭徒之流，但是他屬於堅決在愛情賭局中求勝的賭徒性格的人物，最後烏里奇死於受命運指使的哥薩克醉漢之手，而佩喬林在征服愛情的過程中，卻遭受命運的永世放逐。普希金和萊蒙托夫，這兩位長期浸潤在古典和浪漫主義省思下的詩人兼小說家，為俄國文學指出一個青山長綠細水長流的主題——俄羅斯文學的賭徒，一種對賭乃至於對生命和藝術無法扼抑的癡、迷、狂的典型。

對賭的狂熱，就是俄國作家獨樹一幟的風格，眾所周知，杜斯妥也夫斯基好賭，可卻是十賭九輸；托爾斯泰年輕時耽溺玩樂，曾不遠千里來到大都會莫斯科，只為一求賭個過癮；屠格涅夫，很多人都知道他棋藝驚人，卻很少人知道他在賭牌上也是常勝軍；還有詩人馬雅科夫斯基，他曾經不無得意地說：「我寫

藝術家貝努瓦為《黑桃皇后》所作的插畫（1899年）。

詩，我賭博，我模樣看起來也不差。」對賭的嗜好，俄國作家並不避諱，因為那是十九世紀俄國貴族和社交圈的交誼方式，也是二十世紀初藝文沙龍圈熱衷的娛樂，可是最重要的是他們能把賭博這從道德層面看來屬於負面意義的題材轉化成一篇又一篇交織著激情狂熱和冷靜思索的上乘文學。

輪盤運氣始終不佳的杜斯妥也夫斯基，在德國威斯巴登輸光了所有預支的稿費，四處躲債，狼狽不堪，不過卻為此貢獻了兩部文學作品──《罪與罰》和《賭徒》。托爾斯泰的豪賭讓他賠上家產晴園裡一棟最有價值的屋子當作抵押，他後來痛定思痛，寫出《戰爭與和平》，並靠其版稅將房子贖回，從另一個層面看，沒有那場賭博桌上的狂輸，就沒有《戰爭與和平》這部文學巨著的產生。對於這段年少的荒唐時光，托爾斯泰並不避諱，在《戰爭與和平》中就出現這麼一幕經典賭局：逢賭必贏的陶洛霍夫硬逼尼古拉．羅斯托夫上賭桌，並從五盧布的小注起一路贏了尼古拉四萬三千盧布的天價，然而這兩人其實是好友，何以在賭桌上弄到近乎攤牌似的對決呢？尼古拉心中儘管惶惑，但不是完全摸不著頭緒，果然局後陶洛霍夫對他說：「你一定知道那句俗語：『情場得意，賭場失利。』你的表妹（宋妮雅）愛上你。這我知道。」陶洛霍夫主導的這場賭局其實是一場復仇，他非要賭贏情敵尼古拉以報復被宋妮雅拒婚的痛苦，而四萬三千盧布的數字

「四十三」是他和宋妮雅年齡加起來的總和。這麼一來，對賭博的單純熱忱就轉而成為一種對愛情和生活的激情，而這無所不加以吞噬的激情玩弄的也正是最為可貴的人心。這一種形式的賭是最典型的俄羅斯式的賭。

俄羅斯經典小說家筆下的賭徒，大致上說來分為兩種類型：一種精於計算，另一類是聽天由命。《戰爭與和平》裡的陶洛霍夫說過：「傻子才靠運氣（賭）。」他就是一種精於計算的賭徒類型，不過更多俄國賭徒是介於這兩者之間的綜合類型。以普希金的《黑桃皇后》為例，主角蓋爾曼是一個狂熱的賭徒，他每一場賭局必然「在旁」觀戰，但是本人卻是從不上賭桌，為何？因為他沒有必勝的把握。日耳曼人謹慎小心的天性（蓋爾曼這個姓氏意味著他是德國人的後裔）還保留在他身上，讓他有別於一般俄國賭徒，他一直等到取得必勝牌的祕密後，這才上牌桌衝殺，而且所向披靡，所以他對賭的狂熱激情其實還是臣服於理智的制高點之下。普希金筆下的蓋爾曼，從名字到個性都呈現了一種混雜性：一個德裔俄國人；一個受理智主宰的狂熱賭徒。

再來看萊蒙托夫的〈宿命論者〉，這真是充滿神祕氣息的一篇故事，一個聽天由命的賭徒烏里奇對上精於計算的賭徒佩喬林。烏里奇要驗證這世上究竟「人能不能隨意支配自己的生命，或是每一個人死亡的時刻都是上天注定」，而佩喬林立即用二十個金幣跟他賭這世上「沒有定數」。烏里奇從牆上拿下一枝槍，扳下槍膛，向火藥池裡填火藥，過程中神態一派平靜，然而佩喬林卻在他臉上看見死亡的印痕，他跟烏里奇說他一定會死，烏里奇平靜地回答：「或許是，或許不是。」跟著佩喬林抽出一張牌，是紅心A，這張決定命運的牌拋上落下之際，烏里奇扣下扳機，奇蹟卻出現，子彈沒有射出，他人好端端沒事。眾人對眼前之事議論紛紛，但心底對宿命論說卻信了九成，連佩喬林也說他開始相信命運，但「死亡印痕」讓他還是認為烏里奇今天會死。烏里奇不悅，拿起賭贏的錢離去，未料在半路上慘死在喝醉酒發狂的哥薩克人的刀下。

烏里奇是典型的宿命論賭徒，從他在槍林彈雨中也要把賭金算清，就可以看出他對賭的狂熱，以及把命運交給上天的宿命觀。關於這一類賭徒的性格可以用萊蒙托夫的另一首詩來解釋：

不論伏爾泰和笛卡兒怎麼說——
於我而言，世界就是一副牌
生命是賭本；命運發牌，我來賭牌，
按照遊戲規則應對人。

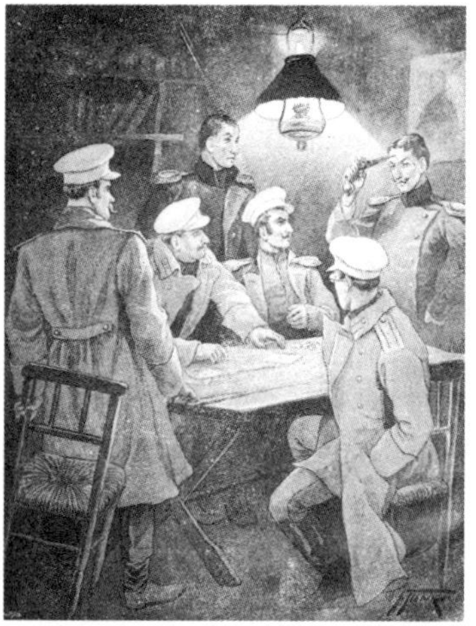

波利亞科夫（V. Polyakov）為〈宿命論者〉所作的插圖（1900年版書）。

相較於烏里奇，佩喬林顯得理智許多，當所有人追捕發狂的哥薩克人，在一間空屋找到持槍拒捕的他時，佩喬林忽然興起要和命運一賭的意願，但這場賭也充分顯示他精於計算的性格：他吩咐士兵到前屋埋伏，並要求一軍官負責向哥薩克人喊話，轉移其注意力，佩喬林自己則繞到屋後，待一切準備就緒，他躍窗而入，順利制伏哥薩克人，成了英雄，也賭贏了命運。嚴格說來佩喬林是杜斯妥也夫斯基所說的那一類懂得賭的人，也就是自始至終都保持冷靜，絕不激動。佩喬林對賭博的態度如此，看待愛情也一樣，所以他總是在賭贏愛情的瞬間感到索然無味，因為他把全部精力都放在「贏」得對方愛情的征服過程中，這也是他追求的全部意義，除此以外再無其他。

看完萊蒙托夫的〈宿命論者〉，再回頭看杜斯妥也夫斯基，會發現這兩位作家屬於同一派別，筆下賭徒都是宿命一類，而且喜歡鑽研心理狀態。《賭徒》裡的阿列克謝總是不斷分析自己的賭徒性格，他清楚要當贏家就應該保持理性，但是他卻仍舊傾向以非理性、福至心靈的預感決定輪盤的押注，他甚至不時譏諷那些喜歡把一切風險機率都計算清楚的賭客，藉以顯示俄國賭徒的與眾不同。這麼一位激情式的賭徒阿列克謝，只要一上輪盤桌就會陷於狂熱的狀態，任由強烈的預感主宰他的輸贏，簡單說，不論輸贏的結果他都接受，因為他臣服於自己內心狂熱的激情，完全不打算掙扎。其實對賭博和對愛情他都是一樣的態度，即使內心十分清楚不論輪盤或是波林娜都不會讓他得到幸福，但是阿列克謝追尋的豈只是庸俗的幸福呢！

不論是普希金的蓋爾曼，或是萊蒙托夫的佩喬林和烏里奇，或是托爾斯泰的陶洛霍夫和尼古拉，又或是杜斯妥也夫斯基的阿列克謝、波林娜等，這一個又一個的俄國賭徒從來都無法滿足於平凡普通的幸福，他們都是天生的賭徒，受狂熱和激情所驅使，如果他們相遇，可能彼此惺惺相惜，或是玉石俱焚，或是擦身而過，不知去向，但是在文學舞台上俄國賭徒確確實實留下了自己的身影，無法抹滅，然而那不是結局，是無限的無限。

惡魔萊蒙托夫的孤獨

我喜歡萊蒙托夫，因為他總是鬥志激昂地面對敵人，而他的頭號敵人就是孤獨。「孤帆遠影成白點／青藍海霧渺渺間！／它去遠方國度追尋什麼？／又拋卻什麼在熟悉故鄉？／海浪翻滾，狂風呼嘯／桅桿傾折，嘎吱作響……／唉，它不是追尋幸福／也不是逃離幸福！／……／騷動不安的帆呀，卻祈求風暴來襲，彷彿風暴中才有平靜！」這首〈帆〉（一八三二年）是萊蒙托夫早期代表作，孤獨瀰漫字裡行間，反映一生宿命，但「彷彿風暴中才有平靜」一句卻顯現積極心態——渴望生活，而且是狂暴的生活，他用孤傲對抗孤獨，用全部的文學生命對抗孤獨。

追溯孤獨的根源是在童年。窮軍官爸爸和富家女媽媽的不對稱婚姻，讓外婆嫌棄女婿，但極寵愛外孫。三歲母親死，父親被迫離去，小萊蒙托夫跟著外婆在南部莊園過著優渥的貴族生活，然而，錢買不到幸福的遺憾也深種其心，孤獨於

戈爾布諾夫（K. Gorbunov）繪的萊蒙托夫肖像（1841 年）。
作家屠格涅夫曾在社交場合觀察過萊蒙托夫，並直言這位大詩人簡直就像他自己筆下《當代英雄》的主角佩喬林——小說中是這麼描寫佩喬林的眼神：「談到眼睛，我應該再說幾句話：首先，他笑的時候，眼睛沒有笑意！你們沒機會注意到有些人身上會有這樣的怪事吧？……這表示他的性情很壞，不然就是過度憂鬱慣了。如果可以這麼形容的話，那雙眼睛會從半垂的睫毛下閃出一種磷火般的光芒。那並不是心緒熾熱或想像活絡的反映——只是一種類似鋼鐵光面的閃耀，爍爍晶亮卻也寒意逼人。他的目光雖僅一瞥而過，但銳利且沉重，帶給人一種恣意猜疑的不快印象，要是不那麼漠然平靜的話，那可能就會顯得粗魯無禮。」

是如影隨形。

他寫詩作畫，耽溺幻想，那是情感宣洩的場所。十四歲他開始創作最貼近內心的形象——永世孤獨的惡魔。

《惡魔》是萊蒙托夫筆下最具魅力的形象之一，這部敘事詩他至少寫了八個版本。桀驁不馴的惡魔曾是天使，不服膺上帝威權，遭逐出天堂，貶為惡魔。他掌管人世之惡，恣意妄為，竟愛上格魯吉亞公主。惡魔誘惑公主，在親吻中將她灼燒致死，想藉此占她為己有，但天使出現，將公主帶往天堂，留下惡魔在塵世繼續無盡的孤獨旅程。

孤獨是萊蒙托夫的病灶，是涵養他叛逆性格的土壤。我們無法確定，走過年輕歲月，這病是否會不藥而癒，屆時這位外表不脫稚氣，眼睛卻閃著冷光，個性高傲，說話帶刺的詩人作家，能否以輕舟越過風暴的心態，迎接生命另一番風景。關於此，答案是個謎，因為他在二十七歲時決鬥身亡，又是好嘲弄的個性使然，正如他筆下《當代英雄》的佩喬林，總是為自己樹立敵人，而非朋友。

萊蒙托夫渴望自由，作品中展現出渴望充滿生命力的自由。另一代表作敘事詩《童僧》講一名稚齡六、七歲的格魯吉亞男孩被俄軍俘獲，送進修道院當服侍

俄國畫家弗魯貝爾（M. A. Vrubel, 1856-1910）以萊蒙托夫的《惡魔》為靈感所作的油畫（原作為彩色）。

見習僧，強權者意圖以高牆圍籬和誦經聲抹去番童記憶，馴服蠻性。所有這一切都是枉然，童僧以緘默對抗外界，後趁隙逃出，躲進林中三日，被發現帶回時已奄奄一息。

死前他向老修士告白：修道院生活即使安逸，於他都是牢籠，他不願屈服。在外三日是他被俘以來唯一的生活經驗，他感受到青春和美的悸動，還有黑暗和野獸環伺，以及面對死亡的恐懼，唯有這些感覺才是生活，才是自由。

有著超齡成熟心智的《童僧》一如〈帆〉，與其在冰冷的死寂中苟活，他選擇「向風暴裡尋求平靜」。

萊蒙托夫是始終沒有被台灣讀者真正閱讀過的俄國經典作家。大部分涉獵過俄國文學的讀者絕對認識普希金，卻可能跳過萊蒙托夫，直接進入果戈里、屠格涅夫、杜斯妥也夫斯基和托爾斯泰的殿堂，原因可能出在之前萊蒙托夫沒有繁體中文譯本，也有可能因為萊蒙托夫不很靠近悲憫「小人物」的俄國文學傳統路線，因而沒有留給我們的讀者太多機會去認識。

二十世紀初以布洛克為首的俄國象徵詩派曾大聲疾呼，俄國文學不應該只有普希金為代表的理性文學傳統，在這條正統文學大道旁其實存有一條小徑，它撩撥你的心，拐你進入森林祕徑，它彎曲分岔，難以一窺究竟。這條小徑在俄國就是萊蒙托夫開闢的文學傳統，說穿了，它探究的是深邃的人類心靈。走在這條曲徑上，風光旖旎詭譎，礫石遍布，即使如此，還是有人偏向此路行，那是杜斯妥也夫斯基跟隨的腳步，在那裡跳動的心臟被剖開來訴說，血汩汩流，懊悔的情感左右一切，讀者聽也罷，不聽也罷，作者總是不得不說。

詩人曼德爾施坦曾言：「我把普希金和萊蒙托夫拿來對比，左看右看都看不出兩人有血緣關係。」他這是笑說俄國文學史家喜歡將兩人湊在一起。普希金一死，萊蒙托夫即以〈詩人之死〉一詩痛罵俄國朝廷虛偽無恥，遭到流放高加索的懲罰，至此他接過俄國詩壇大旗，走出俄國文學黃金大道。就這點聯繫了兩人的血緣，此外他們都不為沙皇喜歡（同是尼古拉一世），都被流放過，都在決鬥中被殺，也都英年早逝，際遇確有形貌的相似，但講到文學氣質，兩人沒有半點相似：普希金明亮樂觀，萊蒙托夫陰鬱多疑，普希金文風敦厚和諧，萊蒙托夫譏諷尖銳，普希金理性，萊蒙托夫神祕。這兩人一明一暗，互為表裡，共同構成了俄國文學的整體面貌。

當屠格涅夫遇上珍・奧斯汀

一直以來，屠格涅夫筆下的角色總是讓我摸不著頭緒，女的古怪，男的消極，將這兩種人放在一起談戀愛，試想，如何能談出一個結果？所以從《羅亭》開始到《父與子》再到《阿霞》和《貴族之家》，沒一部作品有世俗眼光所期待的 Happy ending，甚至從一開始作者就沒打算讓男女主角的相戀有結果，無怪乎批評家總懷疑屠格涅夫筆下人物之不幸是否與作家本人戀情不順遂有關。

然而這不禁又讓我想起另一位作家——英國的珍・奧斯汀，她與屠格涅夫剛好相反，總是熱心替自己女主角尋覓一樁好姻緣，不管是《傲慢與偏見》、《艾瑪》或是《感性與理性》，這些故事的結局總是皆大歡喜，有錢男子抱得美人歸，慧黠女子找到如意郎君，喜上加喜，人生再沒比這更令人愜意的事情了，唯一美中不足的是，作家本人終身未嫁。

這兩位國籍、性別、年代、氣質和個性沒一點相同的作家可以放在一起討論的原因只有一個，就是他們筆下的世界都是貴族莊園，一個從二十一世紀的角度看起來已經悠悠遠離，但卻讓人回味無窮的生活方式。首先，讓我們先來想像一下英國式的莊園生活：雄偉城堡、迷宮花園、片片綠地、精緻涼亭、小橋流水、池塘裡悠游的魚兒和疾馳而過的馬車，這是何等心曠神怡的環境！只是有這樣的環境還必須有適切的人物相匹配才行，所以還要加上留鬢角、穿燕尾服和長統靴的男主角，以及裙襬及地、腰身綁得緊緊以突顯酥胸的女主角，這樣一來畫面才算完整，就像《傲慢與偏見》裡達西先生的彭柏麗莊園那樣，再不然像第二男主角賓利先生的莊園才不錯。生活在這莊園裡的先生小姐可以慢悠悠地啜飲著英國式下午茶，討論下一場舞會要在哪裡舉辦，還有誰家姑娘要出嫁，對方身家條件如何等等……所有談話內容可以隨著不同作家的不同品味而有所更動，不過在此還是以珍．奧斯汀的小說為範本。

把以上英國貴族莊園的內容拿來放在俄國莊園的身上，其實未嘗不可，因為英國可是俄國西化過程當中努力效法的對象之一，只是請容許把所有條件都放寬鬆一些，意即城堡規模可以縮小個兩三倍，造型不求奢華壯觀但求舒適實用；迷宮花園改成蔓生的野生漿果；茵茵綠草變成東一簇西一叢、求生意志超級旺盛的車前草、牛蒡和濱藜；而涼亭部分不求精緻但求功能，至於其餘各項俄國莊園可能就不比英國來得差，只是都要再粗糙一些，自然，當馬車經過身旁時所帶起的灰塵也會更大一點。或許，俄國莊園唯一勝過英國莊園之處就是幅員廣闊了，俄國貴族老爺習慣以擁有幾座森林作為評估領地大小的單位，其見識之「廣闊」實非我們所能理解。簡單說來，俄國莊園較之英國莊園要來得樸實許多，樸實但是廣闊，用他們自己的話來說，就是俄羅斯人比較傾向「自然」，不刻意追求過度的精緻化，而這話很明顯是衝著人工化嚴重的西歐，特別是英法貴族莊園而來。

俄國莊園的天生自然確實與英國莊園的雕琢式自然有著天壤差別，培養出來的貴族階級在氣質上也有所不同，英國貴族不論行為舉止、服飾穿著和說話態度無不講究，這是世界知名的，奧斯汀寫達西先生傲慢的態度其實是對英國貴族的一個普遍印象，這個印象放進俄羅斯小說裡就變成徹底的嘲諷，在《貴族之家》裡有如此一段話：「他剪短的頭髮、漿硬的襯衫，上面飾有許多披領、豆綠色的長襬大衣、他酸澀的表情、對人的冷淡和倨傲、他從牙齒縫裡說話的姿態、木然短促的乾笑、生鐵一樣的面孔、除了政治和經濟別的不談的習慣，對於半生牛肉和紅葡萄酒的嗜好——總之，所有一切，無不充滿著大不列顛的氣息，他幾乎滿身英國精神了。」這是小說男主角拉夫列茨基那位到英國供職過的父親的模樣，藉由這個角色屠格涅夫把英國貴族和英國化的俄國貴族給好好地嘲弄了一番，順

托爾斯泰位於圖拉的莊園（熊宗慧／攝）。

道一提，這種對英國、法國和德國貴族的嘲弄在十九世紀俄國小說裡可是相當常見。

既然英國貴族的氣質俄國人不欣賞，那麼俄國鄉紳的氣質又如何呢？自然跟那處處貼近自然的莊園景致非常相似，就是閒逸懶散，這股閒逸懶散的氣質可是俄羅斯貴族獨步世界文壇的法寶，特別是在屠格涅夫的筆下被發揮得淋漓盡致，讀者可以在任何一本他的小說裡讀到一個重複的情節，通常會是兩位老友，很可能都是貴族，或是其中一位是貴族的大學同學，總之這兩人會在某個重要的人生轉折點發生的多年之後相遇，地點自然是在貴族莊園中，兩人熱烈擁抱，然後坐在沙發上，開始一斗煙一斗煙不停地抽，一杯茶一杯茶不停地喝，徹夜不眠地聊起天來，聊天的主題永遠是——回憶，回憶年輕時代那短暫閃耀但卻沒有結果的愛情（《初戀》），回憶學生時代的理想熱情和被愛情欺騙的椎心刺骨（《貴族之家》），往事歷歷在目，不曾遺忘，只是歲月飛逝，雄心壯志早已消磨殆盡……他們不斷地聊天，不斷地爭辯，儘管爭得面紅耳赤，而內容始終無益於現實生活，而且永遠不會落實，但是聊天、回憶和爭辯本身其實就是俄羅斯鄉紳生活的實質內容，除此以外再無其他，愛情、激情、醜聞、八卦，還有改革農民生活等等的事件都只是這安逸閒散的俄羅斯貴族莊園生活的一點漣漪，終究會復歸平靜，復歸到晚間壁爐熊熊火光前兩位鬢角灰白、不停抽煙的老友間的回憶和談話之中。

這般生活聽起來的確閒散了些，但是換個角度想想，要兩位老友能聊上一個晚上或是連著好幾晚，那前提也得是有話題可聊才行，也就是要有一些生活經歷和際遇才行，特別是沒有結果的愛情，最適合拿來當話題，那一種隨著時光流逝哀傷逐漸淡去，卻永遠不會消失的愛戀痕跡，隨著年復一年與老友抽煙喝茶的談話中不斷被喚醒，變成了一個永恆的話題，成為一個形而上的幸福閃光，環抱著鄉間生活的寂寥無趣，所以，不完美的戀情和不完美的現實才是鄉間貴族生活讓俄國人眷戀的原因，圓滿的愛情在這裡沒有生存的餘地，它太飽足也太膨脹，會侵吞掉一個人的靈魂，完全不符合屠格涅夫追求的文學氣氛，在他刻意經營的小說氛圍中那沉鬱緩慢的鄉間生活步調，那隨意蔓生的野菊荒草，那一整排的白樺樹和椴樹，連同那懶散成性的管家僕人，還有那終日飽食、無所事事的貴族們是牢牢連在一塊的形象，即便朝氣蓬勃的新一代青年貴族產生，但是在那貴族莊園的一個不起眼的角落處，必然坐著一位形單影隻的失意客，他會帶著微笑祝福年輕人幸福，至於他自己，則留待一壺茶和幾斗煙，與老友坐在舒適的沙發上分享回憶了。

這就是很難被人理解的俄羅斯貴族和他們令人悵惘的愛情，這是屠格涅夫的小說專屬的氣氛。寫到這裡我忽然冒出一個念頭，如果英國才女珍・奧斯汀小姐遇上俄國貴族作家屠格涅夫先生的話，會是怎樣的一番景象？很可能屠格涅夫會皺著眉頭苦笑，而奧斯汀則是眨著慧黠的眼睛輕瞄他一眼，然後兩人擦身而過，不再回頭。

殘破的城市美感——從杜斯妥也夫斯基到費里尼

第一部作品《窮人》就讓杜斯妥也夫斯基一鳴驚人，那年他二十四歲，從公家單位辭職後定居彼得堡，以文學為職志，他起先翻譯了巴爾扎克的《葛蘭黛》，沒有引起注意，之後開始寫小說，就是《窮人》，從一八四四年開始，按作家的說法「在冬季忽然間」興起的念頭，接著他埋首寫作，直到一八四五年的五月完稿。然後他朗誦給友人作家格里戈羅維奇聽，友人聽完《窮人》後激動不已，趕快推薦給大詩人、雜誌主編涅克拉索夫，兩人通宵閱讀，然後在清晨四點（！）跑到杜斯妥也夫斯基家門前，把熱騰騰的讀後心得和稿件採用的消息告知他。隔天涅克拉索夫又跑去找當時最有影響力的評論家別林斯基，告知他「新的果戈里誕生了」，而面黃肌瘦、癆病鬼似的文學狂熱分子別林斯基便把《窮人》拿來一讀，結果也喜出望外，趕快跟朋友提到有一位「剛起步的天才」……就這麼一傳十、十傳百，新銳作家杜斯妥也夫斯基誕生了，他帶著他那一群「替自己辯解」

杜斯妥也夫斯基26歲時（1847年）的畫像，畫家特魯托夫斯基（K. A. Trutovsky, 1826-1893）的鉛筆素描。

的小人物展開了接下來三十五年震撼世界文壇的創作之路，而《窮人》的傳奇也成為大眾津津樂道的話題。

文壇大老的溢美之言為《窮人》打造了一件價值連城的金縷衣，他們指出作者是當時文學主流，即果戈里的繼承人，但他更超越了前輩，讓自己筆下的小人物站出來說話，這真是首開文學小人物之舉。的確，《窮人》裡溫馴謙卑的抄寫員馬卡爾・傑烏什金（姓氏的俄文字意為「像女孩子似的」）的確比果戈里在《外套》裡塑造的抄寫員阿卡基・巴什馬奇金（姓氏的俄文字意為「小的短統鞋」，衍生有「忍辱負重」）要來得有深度，果戈里只透過外在的壓迫來解釋阿卡基壓抑又消極的個性，從不對他的內心做正面探索，感覺上阿卡基就像是被彼得堡的白霧給團團圍住，一片模糊。可是《窮人》的抄寫員就清晰明朗得多，他知道自己的處境，他也會分析，還會替自己辯護，而其實他不想改變什麼……這樣的人更貼近你我，當傑烏什金在自我分析的同時，讀者多少也在分享他的心得，然後再回頭想想自己，多像現在的互動遊戲！

不過平心而論，杜斯妥也夫斯基受惠於果戈里良多，他後來也說：「俄國小說都是從果戈里的《外套》走出來的。」此言不虛，從巴什馬奇金到傑烏什金，《窮人》從《外套》裡繼承到的可不只一個小人物，杜斯妥也夫斯基在《外套》

馬卡爾・傑烏什金像，俄國藝術家波克列夫斯基（P. Boklevsky, 1816-1897）所作的插畫。

裡還找到了一個大舞台，就是一個比所多瑪更可以詛咒的彼得堡。

比如說在果戈里《外套》裡萬惡之首的天氣在《窮人》裡就又被好好發揮了一番，飄雨、下雪、潮濕、陰暗和寒冷的彼得堡天氣通常扮演著害死善良小人物的幫凶，像兩部小說裡男主角的困擾居然一模一樣，都是大衣。果戈里在《外套》裡率先點出「彼得堡居，大不易」，一件大衣就可能要上人命，這種寫法固然誇張，熱帶地區的讀者多難以認同，會衍生出那種「沒有大衣可以穿毛衣」的「何不食肉靡？」之類的天兵問題，要不是我住過彼得堡，在八月底秋涼下雨的天氣裡，穿著涼鞋的腳底被凍出了裂傷的話，我也很難體會彼得堡天氣之無情。回頭再看《窮人》，男主角在一半以上的信件裡談的都是買不起大衣的悲嘆，儘管他了解「大衣和靴子是穿給別人看的」，還有「希臘人也常常不穿鞋子」，但是不穿鞋的希臘人到了寒冷的彼得堡也得乖乖買上一雙好鞋，所以大衣和靴子其實是很實際的民生問題，只是果戈里別具慧眼，把大衣和公務員的尊嚴連上線，問題就變得誇張又好笑，好笑到可憐，而新銳作家杜斯妥也夫斯基則派出他的傑烏什金對讀者說：「不需要你們可憐！」此話一出又讓讀者由可憐轉成欽佩，從此這個彼得堡小人物就在世界文壇留下了無法抹滅的印象。

我看過一部冰島片，片名不記得，但是我對片中男女主角在一個周圍都是冰山、水裡不斷冒熱氣的池子裡游泳的一幕印象深刻，覺得冰島人好會享受，忍不住心生嚮往……忽然間我想到了杜斯妥也夫斯基，我發現他這位鬼才作家真的是很奇怪，怎麼專從反面來描寫他最愛的城市彼得堡呢？你看他在《窮人》裡把彼得堡的天氣說得多糟，健康活潑的女主角多布羅蕭洛娃（俄文字意為「善良的女人」）和家人一從風光明媚的南方遷移到彼得堡後，日子就陷入無盡的痛苦中，跟著爸爸死、媽媽死、情人死，連她自己也骨瘦如柴，快活不下去，只好答應一名男子的求婚，逃離彼得堡求生存去也，獨留男主角一人嗚呼慨嘆。但奇怪的是，這麼惡劣的天氣卻怎樣都殺不死惡毒的女房東、淫媒的安娜夫人，就連放高利貸的老太婆（《罪與罰》），後者儘管一隻腳已經踏進到了棺材，可是就是死不了，還要勞動拉斯科尼柯夫揮動斧頭、犯下罪行來將她斃命，由此看來彼得堡比所多瑪還要不仁，它專門殺死善良的窮人，卻留下壞人繼續作惡。

果戈里的彼得堡故事裡從來都少不了辦公室八卦和小道消息，這說三道四可不是東方人獨有的權利，它也是彼得堡人最喜歡的嗜好，到了《窮人》這項嗜好更是變本加厲，且看一個老抄寫員和一位少女之間曖昧的情愫，再沒有比這種禁忌話題更容易引起流言的了，更何況男主角還住在聲息相聞的大雜院裡，這裡缺錢缺油缺柴，就是不缺流言蜚語，同樣不缺的還有偷窺，難為了這年近五十、當

多布羅蕭洛娃像，波克列夫斯基作的插畫。

了三十年公務員、個性溫馴得像個大姑娘似的老人傑烏什金肯跳下火坑，嘗一嘗忘年之愛，或如他自己所說「像對女兒一樣的父愛」，所謂天冷心不冷，北國子民低溫慢火的熱情常在杜斯妥也夫斯基的作品裡延燒，配合著彼得堡人對小道新聞的熱衷，一併構成北國末日的奇景。

麇集在彼得堡的各行各業也是兩位作家共同的主角，像果戈里喜歡公務員、裁縫、理髮師、藝術家，而杜斯妥也夫斯基同樣也鍾情公務員和裁縫，不過他更喜歡女房東、妓女、軍官、賭徒、惡棍、大學生和退休文官，這些人物讓小說的戲劇性更強，所有這些角色後來都帶著作家所賦予的個性和靈魂穿過時間的長流，走進了現代小說的世界裡去了。《窮人》和《外套》間的關係千絲萬縷，在這一點上杜斯妥也夫斯基是一個很好的文學遺產的繼承人，但是他總是能更深邃，他從來不曾被前輩如果戈里，也不曾被同時代人如托爾斯泰的光芒所掩蓋過去，我想關鍵就在於他有一雙非比尋常敏銳的藝術家之眼，任何小素材到他手裡都能盡情發揮，任何醜陋的表面他都能找到其內在獨特的美感。

當我來到彼得堡，它給我的第一印象不是彼得大帝想要向世人炫耀的莊嚴宏偉，相反的，我是被它殘破的美感所感動，不管是冬宮、海軍總部大廈、夏日庭院，或是喀山教堂也好，在它們壯麗的外表下我的目光總是會不由自主落到那破敗蒙塵的角落和暗幽幽、彷彿隱藏著祕密的後院小巷裡，從世俗觀點來看，那一面總是不欲人知，可是對我來說，它們有著非比尋常的吸引力，因為那正是被杜斯妥也夫斯基所挖掘出來，構成他文學世界裡最富魅力的一環：骯髒、殘破、醜陋、惡臭的暗巷和後樓就是作家故事的發源地。我被那種世界所吸引，眼睛看著宏偉的宮殿建築，心裡忍不住尋找那殘破的反面，還一廂情願地將過往的路人都跟《窮人》作一番對照，那些倒在路上的酒鬼、清掃婦、叼煙的工人、菜販，還有那些穿著體面又時髦的先生小姐以及吵吵鬧鬧的小孩，究竟哪一個才是彼得堡的真實景象？我的理智和情感不斷戰鬥，我努力尋找真理，而就這麼一瞬間我才霍地了解，那醜和美、善與惡都是真實世界的一體兩面，如果我能接受杜斯妥也夫斯基小說裡刻意塑造的醜惡面，又為何不接受故鄉台北凌亂又缺乏美感的一面？對於台北的城市景觀我一直都有反感，我嚮往美麗的城市，巴黎、倫敦、羅馬、布拉格都是美麗又美好的城市，可能紐約也不錯，總之城市要美麗才會有美麗的文學，我以前如此認為，醜陋是造成文化沙漠的主因，我將一切怪罪於台北的醜陋，它讓我憂鬱而且疏離。

可是我卻喜歡杜斯妥也夫斯基筆下醜陋的彼得堡，起先我以為是距離造成的美感，但後來我才瞭解，我是被作家從醜惡當中發掘到的力量所感動，那種力量用學術一點的講法或許就是「藝術的真理」或是「藝術的美感」，非常具有感染力，唉，無怪乎雨果的鐘樓怪人、巴黎歌劇院的魅影，還有徐四金的葛奴乙會比正面的英雄人物還要發光發亮，因為他們身上都具有這麼一種醜惡的力量，激發人對自己心中那黑暗面的驚懼或是探索的好奇心，一如杜斯妥也夫斯基筆下的窮人、酒鬼、賭徒和惡棍。

那一年的彼得堡之旅成為我治療憂傷的開始，這一趟自我療程很長，我甚至不知道它已經開始，也不記得在什麼時候結束，不過多年後當我聽著一位朋友說：「台灣人很有意思，他很實際，不會像外國人那樣帶一束鮮花去拜訪朋友，因為那樣做不實際，還可能被認為腦袋有問題，但是台灣人很懂得欣賞塑膠花的美，還會費點巧思在塑膠花上加一兩滴透明膠當作水滴，讓它看起來更逼真，然後坐在那裡，欣賞塑膠花的美。」我記得當我聽完這話以後笑得很開懷，因為我聽懂了朋友話中對台灣同胞的寬容和溫和的諷刺，他懂得欣賞台灣的美，這種美就是不完美，有缺憾，然而它獨一無二。

我記得在台北光點看過好幾部費里尼的電影，我對《羅馬》這部片子特別有感覺，像羅馬的街邊餐廳一如台北的夜市，喧鬧髒亂卻富有人情味，還有導演大費周章選在尖峰時刻陷在車陣當中，拍攝大雨傾盆和泥水飛濺下一臉狼狽的羅馬市容、二十世紀依然粗鄙如人肉市場的妓院風光、地鐵興建對古蹟的摧殘，以及那一場極盡諷刺能事的宗教時裝秀，費里尼是藝術家，不是廣告商，他不會拍美化羅馬的宣傳片，他的眼睛一如杜斯妥也夫斯基，從雜亂無序的生活層面裡找出一個城市真實的美，我想台灣的藝術家們應該也可以。

浪漫又寂寞的彼得堡——杜斯妥也夫斯基的《白夜》

彼得堡會是多少台灣旅遊者心目中的朝聖地？老實說，應該不多。這地方一年有八個月以上天氣都偏寒冷，九月開始飄雪，潮濕寒冷陰暗，除非有異常堅強的意志力以及不正常的偏好，否則一個人實在很難在那裡待上一年半載而不抱怨、不痛恨那鬼地方對身心的摧殘，還有彷彿被世界遺忘的孤獨感。可是彼得堡的夏季又是多麼美麗：透明、清新、亮眼、暖和，而且白日漫長，對，就是漫長，彷彿為了彌補冬季過長的黑暗，彼得堡用白夜來延長晝日，行人沒日沒夜地在街上閒盪，恣意尋歡；百花青草拚了命地盛開，頻頻向昆蟲鳥獸放送秋波，韶光一去不復返，得好好把握才是。不過且慢，讓我們把鏡頭拉近一點觀察，熟知彼得堡的人都知道，當地人一到夏季不是出城度假，就是回到鄉下過親近大自然的生活，也就是說，彼得堡的夏日美景其實是留給那些沒能力出國和出城的窮居民，以及一大堆害怕冬日風雪所以選擇炎炎夏日來彼得堡觀光的遊客。這是彼得堡夏日的困惑和迷離，街上的人潮永遠洶湧，但終究只是匆匆過客留下的驚鴻一瞥，再來就是不得志者的寂寞無聊，如果真的了解彼得堡漫漫白夜中的清冷滋味，那麼確實就可以來此一遊。

彼得堡的白夜不獨是自然奇景，它同時也是文學裡不可多得的現象，而這可多虧了杜斯妥也夫斯基的小說《白夜》，小說裡主角寥寥幾句就將彼得堡獨一無二的風光盡收讀者眼底，且看：

那真是一個不可思議的夜晚。那樣的夜晚，親愛的讀者，大概只有在我們年輕幼稚的時候才曾有過。天空是那樣的繁星點點，那樣的明亮，舉目望去，你會情不自禁反問自己：在這樣的天空底下，難道還會有人怒氣沖沖、喜怒無常的嗎？而這同樣也是一個幼稚的問題，親愛的讀者，非常幼稚，但願上帝時常用它來觸動您的靈魂！

就是開頭這幾句看似平凡卻又說得再透徹不過的話將彼得堡詩意的美感完全呈現，可是也就是這開頭幾句讓我疑惑，既是白夜，那天空自然明亮，既然明亮，又怎能見到繁星點點？我到過夏日的彼得堡，追尋過杜斯妥也夫斯基筆下的世界，在明亮的白夜裡根本不見星子的光芒，就說是夜明星稀也有點牽強，因此杜斯妥也夫斯基的那句「繁星點點」可真讓我不知如何解釋。當然，作家對彼得堡的認識毋庸置疑，一八四二到一八八一年間他住在這裡，但是從一八四九年年尾到一八六〇年春之間他曾遭流放，這期間不算的話他在彼得堡總共租過二十一所公寓，每一間公寓他都喜歡租在拐彎邊角的一方，讓窗子的視野對著運河美景，還可以觀望教堂上的十字架，聆聽平和的鐘聲，所以說整個彼得堡他都很熟悉，應該說這個城市就是作家的故鄉，也是心靈的歸宿，他大半作品發生的背景都在這裡。但說彼得堡只是一個背景就又簡化了它的功能，彼得堡其實可以視為是一個高於作家筆下人物的超角色，它介入，甚至是左右了這些人物的命運。所以，無需懷疑作家眼中的彼得堡，對於「繁星點點」的白夜我只能歸咎於自己的觀察力不夠敏銳。

在杜斯妥也夫斯基眾多作品中我特愛《白夜》裡彼得堡的景致，它和作家其他小說裡的彼得堡都不同，一般說來，大家熟悉的杜斯妥也夫斯基的彼得堡是一個胡同小弄交錯、酒肆妓戶林立、貧富對立明顯、擁擠骯髒凌亂又散發惡臭的彼得堡，這是作家刻意呈現的另一面彼得堡，不同於普希金筆下莊嚴宏偉的彼得堡，有別於果戈里鬼魂飛舞的魔幻彼得堡，杜斯妥也夫斯基捉住了彼得堡那黑暗的、亟欲被隱藏起來的一面，把它放到畫面中心，和明亮的一面相抗衡，在反差強烈的情況下，讀者往往更好奇、更欲探究那隱藏在暗面中的東西。杜斯妥也夫斯基這一份描繪黑暗、令人心靈顫動的天才讓紀德等許多作家皆深為折服，為此寫出眾多見解精闢的分析文章。在這裡我不打算用灰飛塵埃的彼得堡來叨擾讀者，且讓我用《白夜》裡抒情浪漫的情調帶大家認識杜斯妥也夫斯基創造的另一個彼得堡風景吧。

《白夜》裡主要的場景毫無疑問就是運河和堤岸小道，彼得堡的運河道確實很美，它是彼得大帝的精心傑作，是彼得堡「北方威尼斯」稱號的由來，芳丹卡、莫伊卡，還有格里鮑耶朵夫是最令人賞心悅目的幾條運河水道，充滿了古典雅致的風情。《白夜》裡男女主角在運河的堤岸相識、漫步、分手，彎彎曲曲的河道連接了彼得堡的交通，連接了原本不相識的兩人，最後又將兩人帶往不同的命運軌道。這是杜斯妥也夫斯基最浪漫的一本小說，從男主角漫步白夜的彼得堡街頭，從一位美麗少女駐足運河堤岸的欄杆旁，這樣的開頭注定就是一則浪漫得不能再浪漫的故事，男主角多年來固執地追尋心目中的紅粉知己，而女主角則是等待一年前離去男友的歸來，短短四個白夜裡男女主角每天相約在運河畔散步、談心，像是無所不談的老友，又像是無法失去對方的知己，可是就在第四個白夜裡女主角的愛人出現，於是一樁原本可能的美好新戀情就此打住，無疾而終。當然，這樣的情節只有年輕時候才可能發生，爭取一個不可能的愛情也只有年輕時才會有這樣的勇氣，白夜裡的愛情實在是太美、太純潔，又太不真實，直如一場春夢，最終只留下運河水流的淺淺低語，消融在堤岸樹梢上的白煙之間，沒有痕跡，所以小說開宗明義便說，這是一個夢想家的回憶，回憶不盡真實，它多少包含了個人主觀的意志，或許如此在夢想家的記憶裡才會有繁星點點的白夜。

這麼一個幻夢般浪漫的故事寫在一八四八年，隔年杜斯妥也夫斯基便因彼得拉舍夫斯基事件被逮捕，戴上手銬腳鐐送往西伯利亞服苦役，開始了他苦難磨練的一生，《白夜》裡代表的夢幻浪漫的色彩消失，他轉而在福音書裡尋找出路，從受苦之中求得生命的意義，那不僅是他人生，也是創作風格的巨大轉變期，然後一個苦難的、偉大的、謙遜的、虔誠的俄羅斯文學巨擘誕生，這一番人生的悲劇對作家來說是何其不幸又何其幸！而《白夜》於是終成絕響。

著迷於杜斯妥也夫斯基創造的彼得堡的藝術家很多，我特別鍾愛的是二十世紀初一位叫做多布任斯基的藝術家，以及他為小說《白夜》所設計的封面和插圖，這位新藝術風格的畫家名列當時俄羅斯最頂尖的「藝術世界」團體的首席藝術家，而他以杜斯妥也夫斯基小說為創作基礎的作品只有一部，就是《白夜》，除此以外再無其他作品，當然，和杜斯妥也夫斯基其他重量級的作品像是《罪與罰》、《卡拉馬助夫兄弟》相比，《白夜》不過是一道可口的輕食，可是對藝

《白夜》書封，1923年版，多布任斯基（M. Dobuzhinsky, 1875-1957）繪，書封下端一行模仿欄杆柵格的俄文字「РИСУНКИ М. ДОБУЖИНСКОГО」意為「多布任斯基／繪圖」——包括本書的內頁插圖。

術家多布任斯基而言，他中意的是後者故事裡對彼得堡城市風格和意境的塑造，而畫家則借題發揮，在作家塑造的城市風貌上進行再創造，於是那一個屬於夢想家、寂寞客、戀愛中的和失戀的人的彼得堡，那一個運河悠悠、石頭堤岸的古典彼得堡，那一個年輕的杜斯妥也夫斯基的彼得堡就這麼躍然紙上，永永遠遠留在人們的腦海裡了。

或許到彼得堡旅行的理由可以有千百種，對我而言卻只有一個——彼得堡是俄羅斯文學的故鄉，是藝術家的靈感的來源，是我認識俄國的起點。

《白夜》內頁插圖，1923 年版，多布任斯基繪。

文學中的蝴蝶效應——托爾斯泰的《假息票》

托爾斯泰有一部作品叫《假息票》，內容很有意思，它是講一位中學生米嘉因為欠了朋友一點錢而向父親預支零用錢，但是心情很差的父親不肯給（時機不巧），還臭罵了他一頓，米嘉覺得非常丟臉，又被逼還錢逼急了，於是禁不住朋友馬興的慫恿，竄改了一張息票的面額，結果還真的騙過一位商店老闆娘，順利把假息票變成現金，還了債，無事一身輕……只是這兩人沒想到的是，這張假息票竟引發出意外的連鎖效應，因為拿到假息票的商店老闆很生氣，他將計就計，用這張假息票跟老實的賣柴人買了柴，賣柴人後來發現被騙了，還被警察抓起來（類似持有偽鈔的罪名），他找律師打官司，但是老闆夥同看院子的人一同在上帝面前作偽證，讓賣柴人輸了官司，還差點要坐牢，從此賣柴人心性大變，憤世嫉俗起來，成了一名偷馬賊，他無馬不偷，還偷了前主人家的馬，導致馬主人——莊園地主就此失去對農民的信心，開始嚴刑峻罰壓迫起農民來，引發農民暴動，自己反被農民打死。而後來賣柴人（即偷馬賊）被捉到，他的下場是被農民私設的法庭給活活打死，而動私刑打死馬賊的農民又被官方抓起來，最後動手用石頭砸死馬賊的農夫斯捷潘被叛一年徒刑，但是監獄對原本就認為殺人是家常便飯的斯捷潘沒有感化作用，他出獄後對所有醜陋的資產階級都憤恨不已，戾氣矇蔽良心，到後來他根本是不分對象，連老弱婦孺都殺害搶劫，就這樣他殺害了一名以領養老金養活全家、無欲無求、深信《福音書》的老太太，可是又沒想到的是，老太太的死竟然撼動了頑石心腸的農夫斯捷潘，他於是去投案，更沒想到的是他竟在監獄裡認識了因為受了被他殺死的老太太的感動而相信《福音書》的裁縫（事實上斯捷潘對裁縫和老太太的關係一無所悉），裁縫唸《福音書》給他聽，終於化解了他的戾氣，讓他明瞭到寬恕的意義。斯捷潘開始在監獄傳福音，竟然感化一位劊子手，劊子手此後拒絕自己合法殺人的職務，沒想到因此延宕了兩位死刑犯（因為殺了前面提的那位馬主人——莊園地主）的處刑，因而影響到被害人寡婦的心情，她轉念決定上訴沙皇，請求沙皇法外開恩，免處死那兩位死刑犯，但是沙皇笑笑說：「法律就是法律。」兩位死刑犯最後還是被處死了，不過沙皇有一天聽了一位長老的布道之後開始心神不安，覺得自己應該施恩寬恕之時卻死要面子違背良心，至此便常作惡夢。至於那位用假息票騙了賣柴人的商店老闆後來負債倒閉，有一天他收到一封信，信裡有一筆錢和一封信，是他以前夥同來騙法官的看院子的人寄來的，看院子的人在監獄裡也信了《福音書》，他越獄搶錢，把錢全部散給貧窮人家，最後被抓到判處流放，他寫信給商店老闆，希望他永遠不要忘記他當初造的惡。

至於最初那兩位假息票的始作俑者呢？米嘉和馬興，他們各自在成長的旅途上和因為受到假息票影響而改變了命運軌跡的人們接觸，特別是米嘉，他開始學會了思索人生，心地也變得良善……而故事到此就嘎然而止。

這就是托爾斯泰晚年寫的故事《假息票》，事實上作家寫這篇故事寫了很多年，而最後並沒有完成，不過故事的主題依然是典型的托爾斯泰式的問題：一個看似微不足道的小錯所衍生出連串巨大的惡行，而造成惡的原因在這篇小說裡歸結為：金錢、社會的不公正，以及人心的冷酷無情。托爾斯泰深知形成「惡」的原因，也知道「惡」結出的果，這中間的關係環環相扣，但是其實不是不能制止，如果其中一個環節被中斷了，那麼就有可能沒有接下來的罪惡發生，在這一點上時機也是被托爾斯泰考慮進去的一項因素：假設兒子跟父親預支零用錢時，父親心情剛好很好，於是慷慨多給了兒子一點零用錢，又或是父親多關心兒子欠錢的原委，幫助兒子解決問題的話，那麼就不會有接下來成串的悲劇事件的發生；

如果法官多一些公正之心，釐清了賣柴人的冤屈，那賣柴人就不會對社會這麼失望，還放棄了所有的道德觀念去偷盜，導致了更多罪惡的滋生；如果沙皇願意展現他的溫暖，而不是高高在上的權威姿態，那麼他是有能力挽回兩條人命；如果農夫斯捷潘不是生長在一個人命賤如芻狗、成天看到的不是殺人就是被殺的環境裡，他手中的拳頭和斧頭也不會這麼輕易落下……然而因為當時整個社會環境的條件就是如此，導致了這一連串不可消弭的罪惡。

按篇幅來說《假息票》只能算是中篇小說，但情節其實相當龐大，出場人物眾多，多虧托爾斯泰清晰的思路和條理分明的敘事才沒讓讀者亂了調，至於牽一髮而動全身的情節則非常有戲劇效果。事實上《假息票》的故事結構非常特殊，它不光是由點成線而已，它還由線又連成面，一個人物的一個動作竟然成為撼動全國的大事，各個人物的命運看似不相干，實際卻是相互影響，用當今比較時髦一點的說法就是「蝴蝶效應」，巴西一隻蝴蝶翅膀的震動會導致一場美國德州的龍捲風，而若用古老的東方《易經》的說法也可，就是「差若毫釐，繆以千里」，人類千年智慧累積要說明的是，不可不注意初始條件的偏差所導致結果的極大偏差，所以君子不可不慎始。

這篇故事亦會讓讀者對佛家所說的「因果關係」有更深的一層體悟，儘管托爾斯泰是一名基督徒，可是他對東方儒家學說和宗教思想都有很深的涉獵，他喜歡閱讀這方面的書籍，也很認真作筆記，整篇小說有很濃的「因果關係」和「冤冤相報何時了」的看法在其中，只不過他是以基督徒的身分用《福音書》來感化人心並解救眾生，其實道理和佛家是相通的。小說裡托爾斯泰安排了一位罪大惡極的殺人犯斯捷潘在監獄裡受到《福音書》感化，最後變成一名聖人，然後藉由這位聖人感化周遭的人，讓大家明瞭到善和寬恕，這篇故事的末了雖然只有簡單幾筆，但是看得出托爾斯泰想要首尾呼應：故事一開頭的那位中學生米嘉，此時已經是一位礦區工程師，他就是因為受到聖人斯捷潘的影響（米嘉完全不知道斯捷潘由惡轉善變聖的過程是肇始於自己很久以前的一點小惡），使得他原本已經走上歧途的路逐漸又回歸了正途，感覺上，寫這篇故事的托爾斯泰對人性依然懷有希望，他相信藉由宗教感化的力量是能夠消除罪惡，能達到人生積極向善的一面。

托爾斯泰與孫子講故事，1909 年照片，由托爾斯泰主義運動領導者切爾特科夫（V. Chertkov, 1854-1936）攝。

重遊晴園

二〇〇六年初春我回到睽違多年的莫斯科，它變得霓虹閃耀、燈火輝煌，外加上貴得嚇人的物價，已經不是我當年生活過的莫斯科了。太匆匆，我還來不及感嘆就離開莫斯科，驅車前往圖拉省的托爾斯泰故居——晴園（音譯名是亞斯納亞・波良納）。顛簸不平的路況和黏附在車窗上的點點汙泥依然是老樣子，這是唯一讓我還回想得起的舊事。

走下車，眼前的晴園陌生又熟悉，還是那一大片白樺林，只是春天來得晚，綠葉尚未抽出，顯得甚是寂寥，而湖裡的水依舊黑幽幽深不見底。我常在明信片上看到的一節斷橋也在。黑髮、圓眼睛，長相親切可人，名喚娜捷日達的解說小姐興致勃勃地向我們講述晴園裡大、中、小三個湖的趣事，說契訶夫有一次拜訪托爾斯泰，兩人一同在晴園裡散步，托爾斯心情很好，還邀請契訶夫一同入湖游泳，這時我腦海裡馬上浮現契訶夫脫下外衣，就剩一條內褲的模樣，而他臉上依然掛著那副著名的單邊眼鏡……等我回神後，娜捷日達小姐已經講到托爾斯泰豪賭，卻又輸到要抵押祖產晴園裡的一棟房子……誰沒有年少輕狂過？還好托爾斯泰後來靠《戰爭與和平》的版稅付清賭債。

走過偌大的園林後，來到托爾斯泰一家的住所，還是老樣子，兩層樓房，白牆綠頂，以他伯爵的身分和知名度來說稱不上龐大宏偉，算是樸實自然，屋側的涼台和木頭圍欄上的雕花紋路最是讓人熟悉——因為大部分的參觀者都會選擇在這裡照相留影。

進入宅邸裡，發現室內陰暗，四面牆盡是書櫃，登上二樓的樓梯十分狹窄，然後是明亮的大廳、小客廳、托爾斯泰的書房、寢室，還有林林總總托爾斯泰的物件。綜合印象，卻是疑惑、複雜、矛盾。托爾斯泰身材高大，床鋪卻很窄小，枕頭墊得高高地，想不出他到底是怎麼睡的；還有他喜歡坐在矮椅上寫作，還特別把椅腳鋸斷，然後就用壓著一條腿、駝著背的不良姿勢埋首伏案——龐大又自我，親切又帶著距離。

逛了好久，看了一大堆和托爾斯泰相關的事物後，感覺有點疲累，這時一位體型頗為龐大的解說女士忽然拿出一張照片給我們看，上面是托爾斯泰晚年花白

晴園裡的白樺林蔭道（熊宗慧／攝）。

鬍子的模樣，一臉不高興，我問為什麼，她回說：「這張照片是夫人索菲雅所照，她喜歡照相，常常幫托爾斯泰照，那一天一大早，夫人把睡夢中的托爾斯泰挖起來照相，讓他不高興，但還是沒掃太太的興致，於是就擺出這麼一個表情，這是他生前留下的最後照片之一……」我看著照片想，這一張照片何其真實地道出托爾斯泰和索菲雅夫人晚期相處的微妙關係呀。

激情與死亡的《安娜・卡列尼娜》

完成《戰爭與和平》之後，托爾斯泰原本計畫寫一部關於彼得大帝的歷史小說，但後來打消主意，把焦點又放回到自己的年代，當時人心浮動不安，很多人準備要拋棄一切，離開家庭，離開俄羅斯。這就是一八七三年《安娜・卡列尼娜》構想的背景，但接下來托爾斯泰卻花了四年的時間寫作和修改，一八七七年《安娜・卡列尼娜》完成並刊載於《俄羅斯信息》雜誌上。

托爾斯泰曾說：「要讓創作成為一部好作品，你必須愛它的中心思想。我愛《安娜・卡列尼娜》裡面關於家庭的主題思想，愛《戰爭與和平》裡，因一八一二年戰爭而激發的關於人民的思想。」

其實《戰爭與和平》裡討論家庭的部分也很多，但在《安娜・卡列尼娜》裡托爾斯泰將焦點由「戶戶相似」的家庭幸福移轉到「各各不同」的家庭不幸上，而此一不幸集中在奧勃朗斯基一家人中：安娜的哥哥外遇、嫂嫂要求離婚、安娜和丈夫卡列寧形式化的婚姻、安娜和弗隆斯基的偷情，還有疏於親情和管教的孩子問題……小說呈現的是一個瀕於瓦解崩潰的家庭關係，而這其實不獨是奧勃朗斯基一家，而是當時普遍存在的問題，更精確一點說是上流社會的問題，托爾斯泰只是藉此將問題浮上檯面。

小說結構特殊，一條情節線是上流社會貴婦安娜的家庭生活，另一條線是住在鄉下，熱衷農務勞動，喜歡和農民接觸的貴族列文的命運，這兩條線並非交錯，卻是平行發展，各自完成。有評論家認為這是小說最大的敗筆，但是托爾斯泰曾強調：「《安娜·卡列尼娜》是一本完整的作品，其架構的聯繫並不在於情節的排列組合上，也不在於人物之間的關係，而是一種內部的聯繫。」

何謂內部的聯繫？解釋可以很多，一種說法是安娜和列文其實是托翁的一體兩面。列文這位富有的地主、孜孜不倦的冥思者在在讓人想起托爾斯泰本人，但是安娜呢？這位熱情又有活力、為愛拋棄一切的女子跟作家的關聯為何？與其說她是作家批判的對象，不如說安娜是作家本人想法的實踐者。她不顧一切背叛家庭，她用自殺表示厭倦人生或是報復愛人，這些都是作家想做而不敢做的事，例如列文也數度想尋死但終究不敢。安娜的激情也是讀者熟悉作家的特質，只是托爾斯泰對激情導致的後果已有定見，相形之下他選擇列文的方式，讓列文和吉娣獲得幸福，儘管那可能只是暫時的幸福。

在托爾斯泰的觀點裡，安娜和弗隆斯基的關係架構在激情上，沒有心靈的基礎，而這樣的關係是脆弱的，經不起考驗，接踵而來的誤會、謊言、口角和猜忌隨時能瓦解這樣的關係，所以儘管托爾斯泰不贊成上流社會形式化的婚姻關係，但悲哀的是，他也沒讓安娜因弗隆斯基出現而產生的激情找到宣洩的出口，她依舊處於孤絕的境遇。托爾斯泰寫道：「她最大的痛苦在於她不能，也不想和弗隆斯基分享她的心事。」

另一件讓安娜陷入痛苦的事，就是她對兒子謝柳扎強烈的母愛並不弱於對弗隆斯基的激情，然而這兩種情感在托爾斯泰看來是相互牴觸的。敏感的安娜對弗隆斯基不在意她和兒子難得一次的珍貴會面感到格外的困擾和痛苦，弗隆斯基這個她無法扼抑的情感的投注對象，這個讓她痛苦的最大根源，也是促使她面對死亡的最重要動力。

安娜的悲劇結尾似乎無法避免，從她與弗隆斯基在火車站的初遇開始，死亡的陰影就一直籠罩在兩人身上。正是這樣一種激情與死亡陰影構成的主旋律成就了托翁這部藝術極品，並一直持續到安娜選擇臥軌結束生命才嘎然而止。

拱頂室裡的托爾斯泰

托爾斯泰最喜歡待在樓下一間拱頂室裡寫東西，拱頂室原本用來儲藏肉品，因此陰暗、涼爽、隱密、不受打擾，前兩者是儲藏室共通的特點，後兩項是托爾斯泰中意的原因，待在這裡很自我，一八六二到一八六四年間，他就在這裡寫下《戰爭與和平》；一八八七到一九〇二年，近十五年間，他又在這裡思索那些他既喜歡又讓他困擾的道德、宗教和哲學的問題，在這裡他很自由，與家人和外界既保持距離又不會失去聯絡，而拱頂室透光的窗戶可以讓他看到晴園的風景，熟悉、親切、寧靜，和他波濤洶湧的思緒恰成對比，或者說是達成平靜，總之，他喜歡這裡。

托爾斯泰一生都企盼遵循真誠的生活，可是人的本質是矛盾，在他看來，人的身體裡有兩種力量不斷抗爭：肉體和精神；獸性和神聖，前者可憎，必要加以唾棄，後者則要靠修養達成。而真誠生活的意義只在精神之愛，不管是對世界、上帝，還是自己。步上真誠生活的必要條件是落實道德修善，依據的標準是耶穌基督的箴言。托爾斯泰照自己的意思來解釋基督精神，並從這一個角度出發寫了一系列如《懺悔錄》、《天國在我們心中》和《我不能再沉默了》等宗教哲學作品。

一八九九年完成的小說《復活》道德說教意味濃厚，他的口氣嚴峻、威儀、前瞻，彷彿一個探知真理的法官和預言者，以深刻的同情看待農村裡的芸芸眾生，而對都市生活提出嚴格的審判，一般認為這是托翁對既得利益階級發出最憤怒的批判之聲。另外他又以家庭倫理關係為主題，寫出《克羅采奏鳴曲》、《謝爾基神父》和《惡魔》，用以批判當時男女的關係缺乏心靈層面，並表達厭惡感官和性慾的享受。

很多人認為晚期的托爾斯泰與其說是小說家，不如說是宗教狂熱分子，他代替上帝發出疑問，但未能平息人們質疑他更像是虛無主義者的說法。另外他提倡不以暴力抵抗邪惡的人道主義被質疑是虛偽；他關心農民，但骨子裡依然和他們不是同類；他厲聲質疑教會和國家擁有財產的正當性，但自己始終沒有放棄優渥的環境和貴族地位；他幻想在人間建立上帝的天國，但卻始終無法克服自己內心巨大的矛盾和分裂。

托爾斯泰的出走與逝世

托爾斯泰的晚年像背負著一副沉重的十字架，不間斷地進行緊張的內心活動。他三番四次想出走，但礙於不忍家人擔心才作罷，可是愈近生命的黃昏他就越感到不安，最後他終於下定決心離家出走。一九一〇年十月二十八日凌晨，他在女兒亞歷山德拉和杜杉醫生的陪伴下離開晴園，上路沒多久他就感冒並感染了肺炎，只得暫歇在一個叫阿斯塔波沃的荒涼小車站。隨著時間過去，托爾斯泰的病每況愈下，一九一〇年十一月七日（新曆二十日）他過世，享年八十二歲，死前最後一句話是：「真誠……我就像他們一樣，愛得很多很多……」。

托翁離開人世的方式要說是不勝唏噓，不如說是不令人意外，沒有感傷的言語、激昂的聲音，也沒有生動的手勢，他說走就走了，一如他生前追求的真誠、真實和真純，這個結局未始不是最自然的方式。

托翁死後被送回晴園安葬，簡單低調的青塚藏身在靜謐的樹林間，這裡也是所有到晴園參觀的人的最後一站，在托爾斯泰沒有十字架和墓碑的土墳前，體驗自然樸實，以及偉大中見平凡的感受。這一次我重遊晴園，青塚一樣也是最後駐足之處，若說和以前有什麼不同，就是時間帶來的感受。我在傍晚六點多走進峽谷林間尋找土墳，我走呀走，料峭的樹頭看不見一隻飛鳥，而夕陽已經落下，陣陣冷風襲來，四周已為幽暗籠罩，我有些心慌，有點想放棄，一行三人沒一個出聲，只聽到腳下沙沙聲不斷，又走了好一會，汗都冒出來了，眼前出現一個彎道，再順著路走，心裡陡然一震：到了！托爾斯泰的青塚就在我面前，覆在土墳上的綠葉是人為的，和周圍光禿禿一片的樹林顯得有些不協調，不知道托爾斯泰在地下會不會抱怨這樣的方式非常「不自然」？不過我很高興，像作家生前一心想尋找幸福的綠手杖的心情，一種平靜的幸福在心頭升起，是尋找後獲得的感受。

追求夢想是幸福？抑或被夢想奴役？

契訶夫有一篇小說名叫〈醋栗〉，醋栗不是台灣原生植物，所以它不像香蕉、橘子、蓮霧或是芒果那般親切又一目了然，它是外來品種，在台灣說不上流行，但大多和果汁、果醬、果茶和蛋糕等飲食事物連結，因此產生一種朦朧的美感，彷彿它代表的應該是幸福美好的人生……這是一眼看到〈醋栗〉這故事的篇名所引發的聯想……

然而〈醋栗〉講的是一個名叫尼古拉．伊凡內奇的人，他原本是名公務員，就是個芝麻綠豆官，幼時曾在鄉間長大，也曾屬於貴族地主階級，不幸父親早逝，田產全被拿去抵押還債，所以尼古拉少年時期一無所有。他發憤圖強，後來進入財稅部門工作，他把全副心思放在工作和攢錢上，不為任何枝節享樂而分心，一心朝自己的夢想前進——再回到鄉間，當一名地主。為了這夢想他付出全部代價，甚至有些不擇手段，例如看在錢的分上娶老婆，然後又餓死了她（因為

醋栗（Ribes uva-crispa），多年生灌木植物，生長在溫帶地區，同科品種高達四百多種。醋栗為漿果，可食用，有些品種則作觀賞用。右為瑞典植物學家林德曼（C. A. M. Lindman）所著"*Bilder ur Nordens Flora*"書內的醋栗插圖（1917-1926年版）。

太摳了）！最後他的夢想實現，他在鄉下買了一座莊園，莊園的一切全按他的藍圖設計，完成以後尼古拉在庭院裡親手栽植了一棵醋栗，可想而知這醋栗的意義重大：象徵夢想的實現。對於莊園生活他感到前所未有的幸福。

基本上故事說到這裡並無悖離原著，大部分人對尼古拉的做法不會覺得反感或是不對，除了餓死自己老婆那一節讓人覺得有些道德瑕疵外，大致說來這個尼古拉跟我們現代人對夢想和幸福的認知沒有太大的差別：擁有夢想並矢志實現。甚至說到拋棄城市、回歸鄉間的做法和我們有一段時間流行的境內移民潮的概念有那麼一點不謀而合的意味。

然而問題出在〈醋栗〉是一篇「故事中有故事」的短篇小說，尼古拉故事的敘述者是他的哥哥伊凡．伊凡內奇，一名獸醫，算是俄羅斯知識分子階級，從他的角度來看弟弟的莊園地主夢，事情就有了不同的感受，由感人一下子變成深沉的悲哀。悲哀一，十九世紀末期俄國貴族階級已經崩解，大部分貴族都想當資本家，他弟弟卻逆流而行，想逃回到過去，變回鄉間地主，過悠閒懶散的生活。悲哀二，弟弟買下的莊園與實際夢想相差十萬八千里遠，用一座醜陋拙劣的次級品取代真正的莊園卻還沾沾自喜。悲哀三，成了地主的弟弟，其派頭一點也不雍容大度，卻是好吃懶作又刻薄。悲哀四，獲得了幸福的弟弟為什麼對周遭人的不幸視而不見？

對哥哥來說，弟弟不是一個因為有夢而發光的生活鬥士，而是一個被夢想奴役、心性完全被扭曲的庸俗之人，甚至可以說他只是為了要幸福而假裝幸福，用一個夢想的贗品來麻醉自己，就像那棵醋栗，弟弟嘗起來甜美得可以流下一泡幸福的眼淚，但哥哥吃起來卻是又酸又硬又難吃。這會，醋栗的另一個意義浮現。哥哥的立場是：人活在世，不應該像死人躺在棺材裡，只需要那一丁點大的空間就夠，既然還在呼吸，就應該要想到自己以外的世界，想到整個地球，想到大眾福祉和公共利益，這就是十九世紀俄羅斯知識分子奉行的道德準則。但問題又來了，假如獲得幸福的人看不見周遭人的不幸，而周遭不幸的人也沒有覺得自己不幸，這是什麼？就是大家一起和稀泥，而地球依舊在旋轉，生活依舊過下去。可是對有道德潔癖的哥哥來說，這種生活的真相反映的是一種人類文化的集體庸俗，正是這點讓清醒的知識分子覺得無力，可是卻又無處可逃！

問題是，在伊凡之上還有一位觀察者，也是〈醋栗〉這篇「故事中有故事」的作者——安東·帕夫洛維奇·契訶夫，俄羅斯寫實主義大師、短篇故事的書寫聖手。讀過契訶夫的人都知道，他嚴格遵守作家是一位冷靜客觀的觀察者的角色，在這前提下，不管是弟弟尼古拉或是哥哥伊凡都只是契訶夫筆下的人物而已，所以伊凡當然不是契訶夫，有經驗的讀者都知道。伊凡只是作家時常描寫的一種人物類型，叫做「才智平庸的知識分子」，或是「中等知識分子」，他們的看法不乏真知灼見，評論時事也很中肯，無奈卻是空有思想，缺乏實際行動力，一切事情只停留在批評的層次上打轉。〈醋栗〉裡伊凡有一句話點出這類中等知識分子的特點，他說：「我老了，不適合抗爭了……我只能悲傷、生氣、煩惱……」哀傷完後，伊凡走到阿廖欣（一直在工作的磨坊主人）面前說：「不要心平氣和，不要容忍自己昏睡！趁年輕……要永不知疲倦地做好事！」契訶夫說，伊凡說這話的時候是用可憐巴巴的笑臉說的，彷彿是在為自己懇求什麼事情似的。

我的學生在看完這篇故事後，反應就像小說裡描寫的一樣，沒有人對伊凡講的吃醋栗的可憐文官的故事感到滿足，事實上乏味得很，應該要講一點振奮人心的故事才對！要不是看在契訶夫的名氣上，大概不想聽。不過當我問大家對於兩兄弟的看法時，答案竟有些超出我的預期：絕大部分的學生羨慕弟弟尼古拉，因為他圓夢了，甚至認為自己也想像他那樣；可是對於哥哥伊凡，贊成的人不多，基本上都覺得他不切實際！而我竟一廂情願的還以為，當學生們聽到為大眾謀求福祉的時候，多少都會有些崇高的情操，或是被激勵的情緒，但是不，學生們很堅定地說，應該先追求自己的夢想，其餘的話有能力再說。我一開始有些愕然，繼而想想也是。基本上我們台灣的孩子從小就被教導要有目標和志向，然後勇於追求，只要努力，幸福就會到手，所謂幸福就是安身立命，一直以來我們都是如此被教育長大，所以尼古拉的思維我們認可，儘管手段有爭議，但基本上他有在做事，也圓了夢，品質另外再說。

可是對於哥哥伊凡，有些學生認為他有吃不到葡萄說葡萄酸的心理（驚！），不過大部分的學生認為他不切實際，自己的事情都沒弄好，還成天想那些全世界和宇宙的災難做什麼？這部分就是和我們傳統教育觀念牴觸的地方，我們從小受儒家思想，儒家幫我們把人生路線都規劃好了，就是修身、齊家、治國、平天下，如果不是按照這樣的順序來的話，我們會說他這個人不切實際、不踏實、不可靠。可是從拉季謝夫以降的俄國知識分子強調的卻是忘我，人要拋棄自私自利的自身，為國家民族的前途和宇宙人類的未來努力，這其實是完全不一樣的思維和對事情的看法。

追求自己的夢想究竟是一種幸福？抑或是被夢想奴役？答案不會只有一個，契訶夫本人也不一定能肯定地回答，只是他的筆如手術刀一般劃開了真實，那麼後代人也只能努力地在夢想、幸福、努力、為人和為己的比例上加以調和，因為人類本能就是有向美好未來前進的衝動，只是前進時該注意什麼事項？契訶夫通常只是憂鬱地笑了笑，不再多說什麼。

契訶夫與臘腸狗希娜・瑪爾科夫娜在自家門前合影，梅利荷沃莊園，1897年，隔年他在這裡寫下了〈醋栗〉。

俄國小酒館

是，我喜歡那些夜晚的聚會——
小餐桌上的冷飲，
濃香咖啡上頭的輕煙，
火紅壁爐裡沉重的冬日暖氣，
文學笑話的荒唐不羈，
還有男友咄咄逼人的第一次凝視。
安娜・阿赫瑪托娃

這首詩寫於一九一七年，那年俄國發生革命，政局紛擾不定，各地交通癱瘓，通訊往來阻絕，商家生意蕭條，民生物資奇缺，大批民眾流亡海外……不過詩人還是在祖國留了下來，要與同胞共生死。只是在失眠的夜裡，她或許又回憶起革命發生之前的夜晚，那些在小酒館裡的晚間聚會、聊天、說笑、咖啡、冷飲、火爐、暖氣……那時的月亮顯得多麼不同，彷彿特別明亮，像是沾了地面上那些才華洋溢人們身上的光！那真是個不凡的人物造就的不凡時代，腦海裡不禁浮現佳吉列夫和他的芭蕾舞團、尼金斯基的《春之祭》、巴克斯特獨特的布景設計、斯坦尼斯拉夫斯基的心理戲劇理論、別爾加耶夫的哲學叢刊《路標》、沙里亞賓響徹雲霄的歌聲、梅耶荷德瘋狂的舞台創作、巴里蒙特和索洛古勃不醒的頹廢夢境、布洛克朦朧的雙眼，還有馬雅科夫斯基狂傲的姿態，這真是璀璨發光的時代，配得上「白銀時代」的稱號。

所以，詩開頭那一聲肯定的「是」，雖然有往事不堪回首的喟嘆，但更多是眷戀的回憶。儘管繁華落盡，親朋好友離散，往事顯得遙遠而陌生，或許還是應該用筆寫下一切，否則很快地，嚴酷歷史的暴風雪會將它們從記憶中消除殆盡……

這首詩就這麼留下了，而這幾筆竟為消逝七十多年蹤跡的俄國小酒館留下紀錄。當蘇聯體制逐漸崩落，俄國人民又開始對一九一七年以前的文化產生濃厚興趣，並從找到的遺稿、回憶錄、漫談和詩歌殘篇裡不時看到「小酒館」這個字眼閃耀，那時他們才了解，原來早在上世紀之初，俄國文化界人士前往歐洲取經的

梅耶荷德（V. Meyerhold, 1874-1940）的浮雕像，攝自他的故居牌匾（丘光／攝）。

同時，也把小酒館這個概念帶回了祖國。儘管小酒館只是眾多歐洲經驗在俄國生根的一個微小項目，不算榮耀偉大，但或許稱得上是親切動人吧。

從拼音看，俄語「кабаре」（小酒館）應當源自法語「Cabaret」一字，法語中，此字意為一個有音樂及歌舞助興的餐館或酒吧，在十九世紀八十年代曾風行歐洲一時，巴黎、慕尼黑及柏林是當時小酒館的主要匯集處。二十世紀初，小酒館在歐洲的熱潮已過，但是一群心儀西方文化的俄國藝文人士以朝聖般的心情結伴旅遊西歐，他們在德國見識到小酒館和小劇場之後，感到驚豔，當下產生要移植到俄國的念頭。回國後，這群人立即將想法付諸行動，彼得堡「哈哈鏡」小型劇場和「喜劇演員休息站」小酒館劇場的產生即肇因於此，後者還被譽為是彼得堡的蒙馬特。對小酒館這項歐洲產物，俄國人是以欣賞的態度和高度的熱情努力發揚，也正是由於這群有心者的不遺餘力，才造就了俄國二十世紀初盛極一時的小酒館劇場文化。

俄國小酒館代表著自由自在之意。——庫格里

二十世紀初的俄國人為什麼這麼喜愛小酒館？「哈哈鏡劇場」創始人和著名

劇場評論家庫格里（A. Kugel）的這句話應該就是最好的說明。

第一家俄國小酒館劇場於一九〇八年在莫斯科開設，名稱是「飛天鼠」（此為俄文直譯，即蝙蝠），起初是專屬莫斯科藝術劇院演員的小酒館，位於莫斯科河岸邊著名的佩爾佐娃宅邸地下室裡，這棟著名建築在當地有個名稱叫「童話屋」，對街岸就是救世主大教堂。「飛天鼠」小酒館劇場的創立者為尼基塔・巴利耶夫（N. Baliev, 1876-1936）原是莫斯科藝術劇院的演員、導演和贊助者，天生的機智反應和諷刺才能讓他催生了莫斯科藝術劇院的「包心菜」晚會節目，這是專門把該劇團著名的嚴肅劇碼，如《哈姆雷特》等部分橋段改編為諷刺滑稽版本，演出頗受好評。之後巴利耶夫更進一步和好友及幾位藝術劇院的演員，合資創設「飛天鼠」小酒館劇場，以喜劇和反諷精神打響名號，名噪一時。

相較於莫斯科，彼得堡的小酒館起步較慢，但速度驚人，一九一〇年裡有多家小酒館開張，其中包括著名的「幕間劇之家」、「黑貓」和「藍眼」。莫斯科這方不甘示弱，加緊腳步急起直追，「悲情野台戲」、「黑色貓頭鷹」和「粉紅燈籠」這三間知名小酒館如接力一般，從一九一一年到一九一三年間陸續成立。回到彼得堡方面，「流浪的狗」小酒館誕生於一九一二年，隔年還有「黑桃皇后」和「飛天鼠」的分店先後開張；一九一五年還有「青鳥」小酒館成立。再回到莫

飛天鼠劇院的廣告海報，1911年。從海報中可以看出這間劇院的喜劇屬性，以蝙蝠為名稱和標誌的由來有幾種說法，其中一種據說是諧擬莫斯科藝術劇院的海鷗標誌。

斯科，一九一五年和一九一六年分別有「波希米亞人」和「火鳥」兩家陸續開業，到了一九一七年，俄國爆發二月和十月革命，但「喜劇演員休息站」及「嗶—巴—波」兩家小酒館依然不畏局勢艱難，歡鬧開張以躬逢世紀盛事。

上述列舉的只是當時最有名的小酒館，從裡頭已經可以看出一件事，就是莫斯科和彼得堡這兩大城市，彼此間一直處於競爭狀態，就連開設小酒館這事亦然。據統計，光是在一九一二年這一年間，單單在莫斯科及彼得堡兩地就有一二五家小酒館產生，儘管許多店是開了關、關了又開，但追求流行的首都人卻總是樂此不疲。兩京時髦的潮流很快就蔓延到其他城市，如奧德薩、弗拉基米爾、基輔及巴庫等地，一時間，開設小酒館成為各大城市間方興未艾的風潮。從擴展的速度來看，小酒館就像瘟疫似的在俄國迅速傳染開來，從一九〇八年開始至一九一七年革命發生為止，這十年是小酒館的鼎盛期，雖然間或遇有低潮，但總是很快恢復，為北國白雪銀霜的景致增添幾許繽紛喧鬧的色彩。

為什麼小酒館這東西竟能在數年間席捲整個俄羅斯？說穿了，不過是因為需求而已。著名的劇場鬼才導演梅耶荷德曾就此發表過一番精闢的見解，他說：「在我們這個時代，文化人需要一個適當的場所來擺脫俗事牽絆，進而達到健康、舒適的休憩目的。誰不想在下班後，或是處理完一堆令人煩心的事情之後，到一

契訶夫莫斯科藝術劇院建築正面的海鷗標誌（丘光／攝）。

個可與三五朋友聚會聊天的地方呢？你渴望有這麼一個人們會向你表示關懷，而且態度溫柔的地方，一個讓你身心感到和諧的地方。你可以想像，在這裡你被一群在成長環境與思想上都跟你相近的人所環繞，但我指的不是餐廳、劇院、俱樂部這些地方，雖然那裡都是些衣冠楚楚、雍容華貴、引人好感的紳士及貴婦……我所指的是一個儘管裝潢樸素，卻是非常有品味，而且具藝術精神的地方，當然還要有柔軟的傢俱。在那兒你可以與人交談，也可以陷入自己的思緒之中，或喝杯咖啡，隨便吃點什麼，不論怎樣你都覺得自在的地方……你的談話、思緒偶爾被大廳舞台上演員的聲音打斷，在那裡戲一齣接一齣不斷上演，從詼諧、優雅、輕鬆的喜劇和滑稽戲，到感人至深的劇情劇與悲劇，這裡沒有一樣會與你的情緒不相協調。在這裡不是戲劇支配你的情緒，而是由你來支配表演者的情緒。」

梅耶荷德這段話讓我驚訝不已，驚訝的是這位上世紀初的俄國劇場導演對休閒場所要求的標準竟那麼高！在現今凡事講究品質的年代，各式各樣的咖啡廳、餐廳、舞廳、俱樂部、夜店、酒館和沙發吧應有盡有，但似乎還沒有一個地方能夠完全符合梅耶荷德的所有要求，而其中最難之處，我想是「戲一齣接一齣不斷上演」這一部分。俄國人喜歡戲劇，只要到過俄國的人對此多不否認，但是對二十世紀初的俄國文人和藝術家究竟有多瘋狂於戲劇，這點恐怕就難以想像了。

二十世紀初，戲劇表演風靡了整個俄國，首都彼得堡甚至被暱稱為「戲劇彼得堡」，上從沙皇和達官顯貴起，下至十四品小文官及百姓大眾莫不沉迷於此，更不用說那些文學家、音樂家、藝術創作者及戲劇愛好者了。人們在劇院、餐廳、沙龍或路上談論的都是這一類關於戲劇和藝術的話題，一些作家的住所也成為文人聚會的場所，以詩人伊凡諾夫（V. Ivanov）的居所「塔頂」而言，它幾乎吸引了整個彼得堡藝文人士前往探訪，在那兒整天就是戲劇演出、吟誦詩歌，或討論哲學。在伊凡諾夫的「塔頂」裡可以看到當時有名的詩人，或是初露頭角的新秀，像是庫茲明、剛出道的阿赫瑪托娃、古密略夫、蘇捷伊金、薩普諾夫、皮雅斯特等，這些人在不久之後又成為「流浪的狗」小酒館的創立者或是基本成員。

其實不論是自「塔頂」居高臨下的俯瞰，還是從「流浪的狗」的地下室抬頭往上看，這兩者間有著一脈相傳的關係，簡單說，就是「藝文圈」的概念。按現代派藝術健將貝努瓦的說法，小酒館的產生是因為像他們這樣的文化人在彼得堡找不到一個適當的去處，一個讓他們覺得待著也「不會為時間的流逝感到羞恥」的地方。這位藝術家認為，「俄國當時只有最最下等的酒館和像凡爾賽宮一般豪華的劇場或俱樂部」，但是這兩種地方只會讓知識分子與文化人感到無所適從和侷促不安。也因為如此，俄國小酒館應運而生。

如果說，在西歐小酒館單純只是一處尋歡作樂的場所，那麼當它被移植到俄國時，意義已然不同。首先，在俄國開設小酒館的店主或是參與人士全部都是文化界的精英人士，像巴利耶夫、梅耶荷德、貝努瓦、巴克斯特（L. Bakst）、阿偉維爾琴科（A. Averchenko）、波將金（P. Potemkin）、科米薩爾熱夫斯基（F. Komissarzhevsky）、雷米佐夫（A. Remizov）、多布任斯基、畢里賓（I. Bilibin）、戈洛文（A. Golovin）、布洛克、索洛古勃（F. Sologub）、庫茲明（M. Kuzmin）、安德列耶夫（L. Andreev）等等，這些人可不是泛泛之輩，都是引領二十世紀白銀時代風騷的文化界名人呀！再來，這些經營者除了很仔細地研究西方小酒館設立的宗旨外，還非常用心地在自己店裡定期上演西方小劇場的劇碼，或是翻譯歐洲話劇、諷刺劇及歌曲，並將其中一些作品改編以適合俄國的民情，例如梅耶荷德就將愛倫坡的短篇小說改編，搬上小酒館劇場的舞台演出。總而言之，這些俄國文化人的概念就是將西方小酒館與室內劇場的功能相結合，從而形成別具風格的俄國小酒館。

在小酒館裡，自由與隨興是最高宗旨，官方藝術所講究的完美與崇高在此不值一顧，反而是那些概念重於形式，或是靈光一閃的即興創作在這裡愈受歡迎。除了即興創作外，對文學、戲劇及音樂的模仿及諷刺也是小酒館裡受歡迎的節目。俄羅斯這個民族一向喜歡諷刺與模仿，當它文化發展的力道越是猛烈而強勁時，作為它的影子的嘲諷笑聲也就越響亮，這種模仿與諷刺實際上涵括了整個俄國藝術生活層面，而這一類型的藝術形式也是俄國小酒館賴以生存的土壤。

所以，小酒館成了二十世紀初俄國都會文化的表徵，它就是新穎別致、荒唐古怪、諷刺模仿和波希米亞式自由的代名詞；是平淡無聊的現實生活的對照，是對官方藝術品味的揶揄和嘲諷。那些下了班後無處消磨時間的人、想知道新興美學潮流的人、喜愛實驗劇場藝術的人，或是對上述各項皆有要求的人都來到了小酒館，在這裡每個人都可以找到他所需要的東西，俄國小酒館將千絲萬縷的藝術生活捻成一條通向自己的主線，透過這條線見證了一個時代的偉大與風華。

不過，俄國小酒館的命運不久長，一九一七年革命發生後，小酒館雖然仍勉力支撐著，最終仍不敵歷史風暴的席捲，一家接一家地關門倒閉。算起來，小酒館風光的時間其實不到十年，若把殘喘至二〇年代中期的少數幾家也算在內，總共不過十五年的光景，它的大起大落就如時代對俄國的文化復興開了一場玩笑。往後數十年時間裡，小酒館的歷史無人聞問，慘烈的革命和內戰鬥爭、史達林極權統治和共產黨一黨領政的環境裡，小酒館注定找不到它生存的土壤，它只能和它所屬的二十世紀初文化一塊被湮沒在歷史沙塵裡。

當我了解小酒館的來龍去脈，心中一陣悵然，荒涼的華麗——這是我對俄國小酒館那段短暫卻璀璨的生命的感想。不過，還有能比這樣更好的結局嗎？應該沒有，它既誕生於那個戲如人生、人生如戲的年代，理當有如此戲劇性的結局，只不過這不是一齣偉大的悲劇，而是荒誕的滑稽戲，這才是它的本質，從荒誕開始，以荒誕告終。

近幾年，白銀時代又再度甦醒在俄國人的記憶裡，小酒館這個文化附屬品趁此之便，似乎又引起文化界的重視，在莫斯科一些街道巷弄裡或著名劇院的轉角處，有些名為劇院咖啡館的店又悄悄開張了，像莫斯科演員劇院餐廳就有那麼一點當年小酒館的味道。從入口處走下大廳，朦朧的燈光、懷舊的裝潢、牆壁上的絲絨布、餐廳盡頭的牆面上掛一面大銀幕，不斷播放著黑白電影……不知情的人會說：「莫斯科越來越有資本主義講究店面的氣息了，你看這裡真有巴黎咖啡館的情調。」但我卻認為，莫斯科演員劇院餐廳的經營者雖然缺乏當年俄國文化怪傑特有的大膽和創意，但是從餐廳名稱到店內陳設所散發的特殊氣氛看來，無一不是在向二十世紀初的小酒館劇場致敬，此外，或許還有戲劇再度引領文化風騷的期望吧。

「流浪的狗」小酒館——二十世紀初的夜店傳奇

當白銀時代又開始在人們的記憶中活躍起來，有關這個時代的種種一切再度成為人們津津樂道的話題，而「流浪的狗」就是這麼從相關的詩歌文章和回憶錄中浮出，成為一個流行詞語。它究竟是什麼？它其實只是一家小酒館，然而彷彿又不僅如此。在當代俄國人的情感和記憶中，「流浪的狗」成為追憶白銀時代的一種寄託，藉由它人們似乎復活了那一個時代的輝煌文化，於是「流浪的狗」由一個單純的小酒館最終成了一整個時代的歷史縮影，這一點恐怕是當初開店者所始料未及。

「流浪的狗」開設於一九一二年初，更精確的時間是一九一一年十二月三十一日，正式名稱是私人劇場藝術協會，開張前透過《證券公報》發布消息，對象限定為會員及會員推薦的人。這間小酒館的主人登記為普羅寧（B. Pronin），但實際參與有九人，除了前述普羅寧外，還有作家阿列克謝·托爾斯

「流浪的狗」小酒館的標誌，多布任斯基繪，上緣寫：1912 年，下方俄文是：流浪的狗的地下室。

泰、藝術家蘇傑伊金（S. Sudejkin）、薩普諾夫（N. Sapunov）、多布任斯基、建築師逢敏（I. Fomin）、劇場導演葉夫列伊諾夫（N. Evreinov）和彼得羅夫（N. Petrov），以及演員波德戈爾尼（V. Podgornyj）。

至於「流浪的狗」這個頗具特色的名稱是在偶然之間產生的。那是在一個寒冷的冬天早上，上述九人為尋找一個慶祝一九一二年新年的場地而聚集一塊，他們走進一間地下室，正考慮該處是否合適時，阿列克謝・托爾斯泰不經意說：「我們現在這樣豈不像是在尋找棲身之所的流浪狗嗎？」

就這樣，這間開設在狹窄地下室裡的小酒館就被命名為「流浪的狗」。

「流浪的狗」小酒館位於彼得堡米哈伊爾廣場（現稱藝術廣場）五號樓房的地下室，但是由於它的外觀非常不起眼，人們常會忽略而過。「流浪的狗」沒有招牌，它只在入口處上方掛著一支小鎚子和一塊木板，入門者須先用鎚子敲擊木板，作完暗示後方可入內。入門後右側大廳立有一個托架，架上擺著按照當時地下室酒館的規矩而放置的一本留言簿，它有個有趣名字，叫「豬名冊」，這本冊子後來成為該店最受歡迎之物，騷人墨客習慣在這本冊子上留下他們隨性塗鴉之作，而托架亦被當作講台，供人吟詩朗誦之用。

「流浪的狗」作為二十世紀初俄國藝文圈最流行的聚會場所，光臨的都是些赫赫有名的人物，包括未來派新興詩人馬雅科夫斯基和赫列勃尼科夫，以及與其敵對的阿克美派詩人古密略夫、曼德爾施坦及阿赫瑪托娃，加上這兩派共同的敵人——象徵派詩人索洛古柏及巴里蒙特，還有曾是象徵派但後來離開的庫茲明、皮雅斯特、戈羅捷茨基等，都是座上常客。此外，「藝術世界」的畫家們和年輕的文藝學者日爾蒙斯基也不約而同選擇此處作為尋覓知音的場所。

當然，「流浪的狗」的客人也不單只有無處棲身的流浪藝術家，像馬林斯基和亞歷山德林斯基劇院的演員以及生活優渥的劇院工作者也是該處的常客。至於「流浪的狗」的創建人，他們在當時都是事業有成的藝文界人士，像葉夫列伊諾夫是「哈哈鏡」小劇場的導演，曾受邀在沙皇前演出自己的劇作；而蘇傑伊金及薩普諾夫也是亦為當時著名的藝術家，這些人常在這個小酒館中消磨夜晚時光。

如此看來，「流浪的狗」似乎擁有一種特殊的氣氛，讓這些藝術家們除了文思泉湧外，還能捐棄彼此歧見而相忍一室。不過這是針對藝文人士而言，對於圈外的社會大眾，「流浪的狗」所持的態度是一概拒絕。

在俄國住過的人都會發現，此地白日的生活相對枯燥沉悶，而夜生活則顯得活潑，所有的表演節目，包括戲劇、芭蕾、音樂會、詩歌朗誦、晚宴聚會等活動都是在晚上展開，北國的夜晚真有不同於白日的炫爛和美麗呢！「流浪的狗」在上個世紀之初就是以其活躍緊湊的夜生活聞名。在開張第一年裡，「流浪的狗」一個禮拜只開放兩天，固定在星期三與星期六的午夜，後來增加一天，即每週一、三、六開張，但仍不敷需求，於是逐漸增加開放次數，到了東正教謝肉節期間舉行「包心菜」晚會之時更是每天開放。彼得堡的夜貓子們來到這間地下室，尋求新鮮刺激、創作靈感，或是露水愛情，從現在的角度看來，它其實也就是當今流行的夜店，只不過加了點藝文味。

「流浪的狗」被當時的人認為有慕尼黑小酒館的風格，意思是說它狹小、擁擠又烏煙瘴氣，但充滿浪漫情懷，而來到這裡的藝術家也都遵循著波希米亞式的生活傳統。只是很難想像，在這麼一間滿布煙味的狹小地下室中怎能擠進這麼多人？不過擠歸擠，大家還是不以為意，畢竟這裡是歡迎藝術家和詩人的，擠得進來，就將白天的煩囂拋諸腦後，這裡不僅有吃有喝，還有自由不羈的氣氛和濃厚的人情味。如詩人庫茲明所言：「誰的心若是感到悲哀／請來這地下室深處／從痛苦中／歇會兒，歇會兒，歇會兒。」這是一首有象徵隱喻的詩，不過單從字面意義來看，倒也貼近「流浪的狗」的地下室生活場景。

午夜時分，在這個小天地裡，流浪狗們鬱悶的心全甦醒過來，不論之前身在何處，這群人一到時間就會從各方匯聚到「流浪的狗」的地下室，開始從事他們的夜間活動，喝酒、聊天、閒嗑茶外，當然是看小小舞台上的表演了——即興演說、辯論、演講、詩歌朗誦，各種表演不斷，這群浪狗藝術家既是舞台上的表演者，也是台下的觀眾。他們為演出節目精采而鼓掌，也因理念不同而爭辯，嚴重時要以決鬥的方式來解決爭端，不過這些吵吵鬧鬧終隨著表演節目接近尾聲而逐漸回復平靜。

如何想像地下室當時的情景？藉由阿赫瑪托娃的一首詩或許有助了解。據說，阿赫瑪托娃初出道時也常光臨「流浪的狗」，她從未單獨前來，不是和朋友、崇拜者，就是和男友一起，坐在小桌旁，點根煙、喝杯咖啡，和人聊天或是觀察地下室裡的人來人往。她那首〈在這裡的我們是一群酒鬼和蕩婦〉就是在這裡產生，裡頭把「流浪的狗」的氣氛描述得好極了，從開頭第一句到詩末了，道盡這間小酒館獨有的情景。她這麼寫：

在這裡的我們是一群酒鬼和蕩婦。
在一起的我們是多麼不快樂呀！
牆壁上的花和鳥
也思念著白雲。

你抽著黑色煙斗，
上頭的煙看來如此怪異。
我穿了件緊身裙，
想讓身材看起來勻稱些。

那些小窗彷彿永遠緊閉：
外頭是什麼？是霧淞？還是雷雨？
你的雙眼像極了
小心翼翼的貓眼。

噢，我的心是多麼難受！
莫不是在等待死亡的時刻？
而那位現正舞著的女人，
必定會下到地獄去。

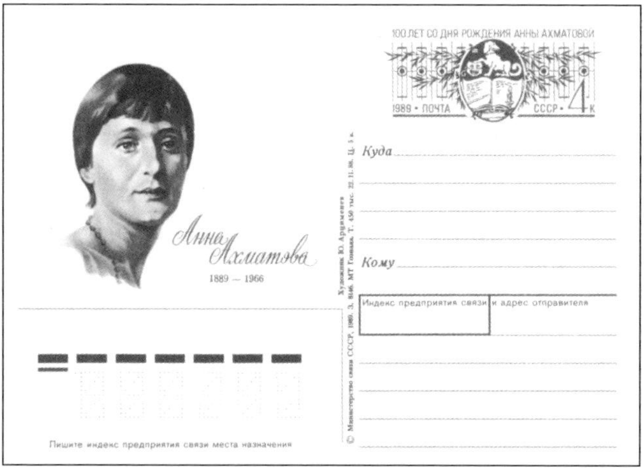

1989 年阿赫瑪托娃百年冥誕紀念明信片，右上方的郵票畫有「流浪的狗」小酒館的標誌，顯示出這位詩人與當年創作地點的關係。

這是發生在「流浪的狗」地下室裡一齣關於男女三角戀愛的通俗劇，日期是一九一三年一月一日，但字裡行間完全沒有新年該有的歡樂氣氛，只感到愛情帶來的苦澀。或許痛苦的只有女主角一人，她無視於其他人的歡鬧，煙霧繚繞、昏暗燈光下，她雙眼緊盯著身旁心不在焉的男人，隨著他視線的落定處，女主角看到地下室的一角有位跳舞的女人，那女人忘情地舞著，渾不知身後有兩雙盯著她瞧的眼睛，只是男人的那雙眼充滿愛欲，而女主角的目光卻是燃燒著憤怒又痛苦的醋意。

一九一〇年代畢竟不是平凡的年代，人們盡情享受物質文明的成就時，革命的號角已自遠方傳來，並以一種不可議的力量騷動所有人的內心，敏銳的流浪狗們也在等候革命的到來，這些人當中，以未來派最熱切期待，他們甚至還預言革命到來的時間表，馬雅科夫斯基說是一九一六年，赫列勃尼科夫則認為是一九一七年，可是對那些不想舉雙手歡迎，也無力阻止革命的人來說，他們感到的卻是一場大難將臨前的混沌不安。所以，流浪狗們聚集在地下室裡，像是守候革命到來前夕的最後一點平靜，並為所剩不多的愜意時光全心付出，從舞台上的裝飾、牆壁上的海報、天花板吊燈的垂飾、節目邀請函到隨手一張小紙片上即興塗鴉的作品，任何與「流浪的狗」有關的事物，藝術家們都願絞盡腦汁創作，並賦予它們別出心裁的巧思。

於是徹夜飲酒作樂、嘻笑怒罵、縱情歡愉成了此間理所當然的事。店東普羅寧說：「在這裡，道德似乎格外矜持，任何與它關聯的事物都變得令人厭惡。」在普羅寧的眼裡，「流浪的狗」變成了一群病態避世者的庇護所，他們無止盡的爭吵、喧鬧不休，編織一個又一個的虛偽謊言，追求不斷的刺激，直到危險邊緣才肯停手。這樣的情形讓不少原本是「流浪的狗」的忠實客人打退了堂鼓，不論是阿赫瑪托娃、古密略夫或是曼德爾施坦，他們的身影越來越少出現在地下室，而布洛克則在更早以前就不再來此。

隨著革命陰影的接近，「流浪的狗」國度裡曾有的平和氣氛也逐漸消退，因社會階級之別而產生的衝突不斷。對不同階級的人，流浪狗們多不持善意，他們將小酒館的客人分為兩類：一類是藝術人士，另一類是藥劑師。後者所指為何？概括說是不懂藝術的布爾喬亞階級、建築師、醫生和律師之流。

從營業之初，「流浪的狗」對這類人就採取排斥的態度，小酒館創建人之一的薩普諾夫，雖然在開店半年後就去世，但他那句「不要讓藥劑師這類人進入我們的天地裡」的呼籲仍保留下來。但奇怪的是，愈是這樣，「流浪的狗」就愈受到這類人的青睞，他們反而川流不息地湧進這家地下室小酒館，並將此地擠得水洩不通。

拒絕「大眾社會」向來是「流浪的狗」秉持的宗旨，在設立之初它也堅持了，但就像其他的小酒館一樣，「流浪的狗」逐漸必須靠這些「藥劑師」的贊助才得以存活。這些庸俗的「藥劑師」負擔絕大部分表演節目的支出和售票，對圈內人士，「流浪的狗」收費半盧布，圈外人則是三盧布，有時甚至要價到二十五盧布，不僅如此，這些「藥劑師」還幫貧窮的流浪狗藝術家支付餐錢，像有一次主人普羅寧讓服務生將詩人庫茲明的飯錢記在「藥劑師」的帳上。

類似這樣的事，流浪狗藝術家們多避而不談，相反的，他們在各種場合裡還高傲地向「藥劑師」表示自己的脫俗獨立，甚至表露敵意。流浪狗藝術家剝削這群他們眼中的剝削者，並不覺得有任何的良心不安，因為對他們而言，尊嚴的維護尤其不可兒戲，類似這種攻擊和撻伐資本階級的舉動，在「流浪的狗」裡是可以受到表揚的。

在「流浪的狗」的夜世界裡本不該有因社會階級之別而產生的爭執或仇恨，但仍發生了，追究起來，未來派激烈的言語鬥爭絕對有推波助瀾的效果。馬雅科夫斯基的攻擊尤為凶猛，他在一首《致你們》的詩裡稱這些出入小酒館的「藥劑師」醉生夢死，是只曉得「浴室與溫暖密室」的人，挑釁的言語讓許多人在聽過之後，只差沒昏過去。一九一五年三月，「流浪的狗」結束營業，這首《致你們》被認為是導致關店的主因。

從反對舊有傳統、掃除過時經典，到挑起新舊兩派和社會階級的尖銳對抗，未來派堅信這種抗爭具有淨化洗滌的力量，但是他們卻未能預見其中隱藏的毀滅力量。再晚幾年，在共產革命戰爭中，那個不是自己人就是敵人的殘酷年代裡，各種鬥爭與惡意攻訐都已屬稀鬆平常，然而未來派所企盼的俄國光明未來卻始終沒有到來。

終於，革命陰影就要漫天席地撲捲而來，揉著惺忪睡眼走出地下室的流浪狗們這時才明白，他們也成了這時代的犧牲品。客人散去了、生意蕭條了，「流浪的狗」曾有的光輝燦爛，都隨著革命無情的火焰而煙消雲散，再也追不回來。

俄羅斯形式主義流派大將——什克洛夫斯基

形式主義大概是俄國二十世紀最有創意和批判精神、同時命運也最為乖張曲折的文學批評流派。

對我而言，二十世紀初的俄國文化充滿了一種無以名狀的吸引力，不僅因為它充滿活力和顛覆精神，還因為它最終也得飽嘗顛覆一切之後的苦果，所有人，包括作家、藝術家、音樂家、評論家、教授、學者或是醫生在內的知識分子，無一能逃得過時代嚴酷的考驗，因此如何面對時代就成了我對上一世紀那群天才洋溢的俄國人最感興趣的地方，而一九一四年以〈詞語的復活小冊〉揭示了形式派綱領的開端、一九三〇年又以〈學術錯誤紀念碑〉一文終結形式派研究的大將什克洛夫斯基①，就是那一個嚴酷時代考驗下的奇葩異果。翻看他的一生，其歷程之詭譎精采，實不下於他一手創造的「陌生化」理論的崎嶇命運。

①作者注：維克多・什克洛夫斯基（V. Shklovsky, 1893-1987），俄國著名的文藝評論家、理論家、作家、記者、編劇和電影理論家。

「藝術即手法」——「陌生化」詩學

從什克洛夫斯基洋洋灑灑的專業項目，可以看出他過人的天分和多端的興趣，此外，或許還可以再加上一項：旺盛的精力和野心。

他生於聖彼得堡一個中產家庭，父親是數學教師，母親是家庭主婦，家中兄弟眾多，經濟相當拮据。什克洛夫斯基從小就顯露出對藝術和文學的興趣，他不僅創作散文，還寫了一些文學理論。中學畢業後他進入彼得堡大學，讀了三年。一九一三年十二月二十三日他在彼得堡一家非常有名的藝文小酒館「流浪的狗」發表了〈未來派在語言歷史中的地位〉的報告，然後以此為基礎寫出〈詞語的復活小冊〉，正式揭開俄國形式主義批評流派的綱領理論。那是一群熱愛文學、頭腦活躍的彼得堡大學語言文史系的學生搞出來的運動，他們組成「詩歌語言研究會」（俄語發音：Obshchestvo izucheniya POeticheskogo YAZyka），俄語簡稱是「奧波亞茲」（OPOYAZ），和莫斯科大學語言系學生組成的「莫斯科語言小組」相互輝映。他們受到索緒爾的語言學、俄國象徵派和未來派的影響，力圖「推翻」傳統的歷史文學分析法，將文學作品獨立出來，成為單一完整的主體，藉以張揚文學作品之所以有其價值，純粹是因為它的「文學性」，非關其他社會因素或是心理哲學的緣故。

一九一四年二月什克洛夫斯基又發表了一篇〈關於新詞語〉的文章，同年其詩集《沉重的籤》問世，變化多端的體裁充分反映出他的個性與天分——從新聞報導到歌劇劇本全部擅長。

一九一四年秋第一次世界大戰爆發，他以志願軍的身分投筆從戎，一九一五年返回彼得格勒（聖彼得堡在一戰期間更名）。這段期間他和志同道合朋友如雅庫賓斯基、布利克等合作出版《詩歌語言理論文選》一、二集，當中包含什克洛夫斯基之後重要的代表作〈藝術即手法〉（一九一七），該篇文章成為形式主義流派的宣言，當中他定義何謂「陌生化」手法，亦即「不使（讀者）趨於慣性的理解，而是對（所描寫的）對象創造一種特別認知，創造它的『視像』，而非『已知的印象』。」基本上，什克洛夫斯基提出的這個「陌生化」（ostranenie）的概念幾乎已經等同於形式主義學說的總體概念。

危機四伏的革命歲月

什克洛夫斯基不僅勤於寫文章，同時也熱衷政治。一九一七年俄國爆發二月革命，什克洛夫斯基積極參與，他在彼得格勒裝甲師後勤部隊工作，並以其代表的身分加入彼得格勒第一蘇維埃。然後在克倫斯基領導的臨時政府中以政委助理的身分到西南前線作戰，作戰期間表現英勇，一次戰役中他身受重傷，康復後從柯爾尼洛夫將軍手中獲得四等喬治勳章。後來他再次以臨時政府政委助理身分赴北伊朗，監督俄軍部隊疏散的情形。一九一八年初始返俄國，並立即投身文化活動，在冬宮歷史藝術政治部門工作。

什克洛夫斯基不接受布爾什維克黨的主張，這使得他與右派社會革命黨走得很近。他加入推翻蘇維埃的計畫中，然而計畫被揭露，什克洛夫斯基火速逃離彼得格勒，躲到伏爾加河沿岸城市薩瑪拉，有一段時間藏身在瘋人院裡，一邊還準備散文理論集《情節是風格的表現》的出版。

薩瑪拉的藏匿期後來因為一位女性友人請託帶錢回彼得格勒而發生轉變，什克洛夫斯基決定冒險返鄉，他易容變裝，混入一大群從奧地利返鄉的俄國戰俘列車中，一路無事，眼看莫斯科咫尺在望，偏偏此時密探認出了他，怕被以右派社會革命黨的罪名遭到逮捕，什克洛夫斯基趕忙跳下火車，再次躲過一劫。他以迂迴的方式回到莫斯科，並見到了高爾基，請後者代他向高層求情，根據資料顯示，在一份中央執行委員會（TSIKA）的文件上，要求結掉什克洛夫斯基的案子。年底，什克洛夫斯基下定決心不再參與政治活動。

一九一九年什克洛夫斯基返回彼得格勒，右派社會革命黨黨員也獲蘇維埃政府的大赦。

無風不起浪，峰迴路又轉

返回彼得格勒的什克洛夫斯基在「世界文學」出版社附屬的文學翻譯工作室教授文學理論，當工作室遷移到「藝術家之屋」，並且更名為文學工作室時，他仍然繼續留任。他一邊教授小說理論，一邊著手寫回憶錄，還固定幫《藝術生活報》寫文章，〈電影是一門藝術〉一文即刊載在此。

一九二〇年春他因故和人進行決鬥，之後他丟下彼得格勒的工作，前往烏克蘭尋找妻子，因為當時彼得格勒鬧飢荒，妻子怕被餓死，先一步逃到烏克蘭去了。什克洛夫斯基在基輔等地參與了幾場紅軍的戰鬥，之後返回俄羅斯。一九二〇年十月他被選為俄羅斯藝術史學院的教授，此外，他還積極參與「塞拉皮翁兄弟會」的藝文活動，儘管他不是固定成員。

一九二二年柏林出版了一本《一九一八—一九一九年間社會革命黨的作戰工作》的書，當中提到了什克洛夫斯基的名字，這使得情勢變得複雜險惡起來：前社會革命黨黨員紛紛遭到逮捕，什克洛夫斯基的生命也危在旦夕。

一日，什克洛夫斯基深夜返家，留心到他家和鄰居的窗戶是亮著，他當機立斷，立即推著一輛雪橇，溜到熟人家裡暫時躲藏。在彼得格勒又待了十天之後，他越過芬蘭灣結冰的海面，偷渡到芬蘭。

然而他的太太就沒這麼好運，她以「人質」的身分被關了一陣，根據高爾基的回憶，後來是用非常高昂的黃金代價才讓她得以獲釋。

旅居異國與自傳三部曲——《感傷的旅程》、《動物園》

什克洛夫斯基躲在芬蘭的一處隔離站，繼續寫回憶錄，回憶不久前的過去，還有自己在社會革命黨的情形，這本回憶錄一直持續到什克洛夫斯基定居柏林之後才完成，書名叫做《感傷的旅程》（一九二三），當中分為〈革命〉、〈前線〉和〈尾聲〉等幾個章節，這一本回憶錄最特殊之處在於，無法從書中汲取對任何第三者涉有誹謗或是污衊的說法，這本書被認為是什克洛夫斯基自傳三部曲中的第一部，也是紀實小說的一種形式實驗之作。

一九二二年底，什克洛夫斯基忙於返鄉，但一方面仍積極工作：固定上課、寫文章，並協助「羅斯電影製作」公司。他在柏林出版了《文學與電影》、《馬的行進》等作品，將他一九一九年到一九二一年間的文章集結出書。

柏林居留期間他還創作了《動物園：非關情書或第三愛洛伊絲》這本重要作

品，據稱他是在一個禮拜之內口述而成。他用書信體裁，以第一人稱「我」或是女主角「愛洛伊絲」（即「我」所鍾情的對象）的書信往返的方式寫出一個俄國人眼中的柏林。這封《非關情書》實際上是什克洛夫斯基寄給全俄中央執行委員會的一封但書，用以交換返回俄國的許可。一九二三年秋，他終於返回俄國。

返國與終結形式主義

返回俄國之後什克洛夫斯基定居莫斯科，努力工作，固定於期刊發表文章，並且出版了《散文理論》（一九二五）一書，當中集結了舊作，另外還有一部他和富謝沃洛德・伊凡諾夫合寫的關於未來化學戰的實驗性小說《IPRIT》，這本小說被視為是兩位天才洋溢的作家的殘酷和野心之作。

一九二六年《第三工廠》出版，合併之前《感傷的旅程》和《動物園》兩部，構成他的自傳三部曲。按照他自己的說法，自傳第一部，即第一工廠，講的是他的童年家庭和求學經過，第二工廠則是關於「奧波亞茲」時期，第三工廠講的自然是作者的「當下」，也就是他工作的地點──「國家電影製作」片廠的事情，這意味著電影是他現在生活的一切。他有一句名言：「時間不會犯錯，在我面前時間永遠不會有錯。」

《第三工廠》之後什克洛夫斯基的創作量依舊驚人，《高爾基的成功和失敗》、《我的五位熟識》、《漢堡計分法》等陸續出版。大致說來此時他撰寫的重心都在電影，但是並未降低對文學的興趣，《關於托爾斯泰《戰爭與和平》中的素材與風格》一書可資證明。然而，對時代氛圍極端敏銳的什克洛夫斯基也注意到時代在變，所有他以形式主義方式研究的範例都遭到越來越嚴厲的批判。一九三〇年一月二十七號的《文學報》上刊登了一篇什克洛夫斯基的文章〈學術錯誤紀念碑〉，這篇文章被認為是什克洛夫斯基對自己立場的屈服和讓步，以及向當權者示好的表態。

「悔過」的什克洛夫斯基仍然過著緊湊的研究生活，在白海—波羅的海的海底隧道通車時他還去了一趟，主要目的是去探望他的哥哥，他還在那趟旅程說了一句名言：「毛皮店裡的狐狸真是分外生動活躍。」

沈默時代不沈默的聲音

三〇到四〇年代的大整肅期間，什克洛夫斯基依舊筆耕不輟，但有好些東西他終其一生沒有完成，此時期的代表作是《馬可波羅》（一九三六）、《關於馬雅科夫斯基的回憶》（一九四〇）。

第二次世界大戰期間，什克洛夫斯基被疏散到阿拉木圖，他寫了一本關於這段期間生活的作品《相遇》，然而最令他傷心的事莫過於在戰爭勝利前夕，他唯一的兒子戰死沙場。

一九四九年蘇聯國內掀起一場世界主義戰爭，一份期刊登載了一篇辱罵性文章，指「什克洛夫斯基的《漢堡計分法》根本就是小資產階級的產物，是和蘇維埃藝術對立的一本作品。」在這之後什克洛夫斯基的文章就很少出現在報章雜誌上，只有若干期刊還能見到他的筆蹤。他還從事翻譯和電影劇本寫作，有些是他個人作品，多數是和人合作。對什克洛夫斯基作品的限禁一直到史達林死後才有趨緩的跡象，這從一九五〇年代出版的《俄羅斯經典作家的散文》、《藝術家費多托夫》、《贊成與反對：杜斯妥也夫斯基評論》、《短篇與中篇歷史小說》、《嚴肅散文創作：思索與挑選》等作品可以見證。

風平浪靜的晚年生活

什克洛夫斯基晚年生活可謂平靜穩定。他是知名的文藝評論大家，他的「陌生化」、「機械化」、「藝術即手法」等概念已經成為學術用語；他還是持續寫作，一九六〇年代出版的《住過與活過》、《托爾斯泰傳》、《這四十年間：

電影評論集》、《關於散文的小說》一、二集、《相似性中的悖離》等作品為他贏得廣泛的聲譽。

一九七九年蘇維埃國家獎頒給了什克洛夫斯基所寫的《艾森斯坦》，此舉不但正式肯定他的學術貢獻，也消除了蘇維埃政府曾對他懷有的疑慮。什克洛夫斯基成為二十世紀初那段遙遠歲月裡僅存的碩果，一個消失的時代的「殘骸」——某些人對他不客氣的評語，但是他本人卻用不間斷的寫作來駁斥這種說法，在他晚年的一次錄音訪談中，記者問他，現在有什麼事他還會擔心，什克洛夫斯基回答：「我沒有時間擔心，我必須工作。」

文學與文學改編電影

我住在莫斯科的那幾年，正是蘇聯瓦解後的混亂與不安時期，人們一方面焦慮地適應新生活，一方面又戀戀不捨蘇維埃時期就已經適應的生活步驟，所以觀賞老電影就成為一個排憂解悶的好方法。蘇維埃時期的電影粗略分為以描寫內戰和二次世界大戰為主的戰爭電影，如《敵中有我，我中有敵》、《沙漠中的太陽》，著重強調紅軍的英雄氣質；一定得拍的經典文學改編電影，如《戰爭與和平》、《安娜・卡列尼娜》、《卡拉馬助夫兄弟》、《靜靜的頓河》；呈現蘇維埃社會生活百態的通俗片，如《命運的捉弄》、《辦公室戀情》、《莫斯科不相信眼淚》，以及搞笑片，如《鑽石手臂》等。這些片子廣泛流行於蘇維埃時期，直到今天仍時常在電視上重播，我就常在朋友家裡看這些老片，聽他們講述只有生活在俄國的人才會懂得的幽默與諷刺，不過，這種果戈里式「笑中帶淚」的諷刺隨著我離開俄國，就愈發顯得陌生而遙遠，只剩斷斷續續的影像，如浮光掠影般輕盈而不真實，心裡忍不住感慨：距離還真是問題。

所以我選擇從經典名著改編的電影談起，原因是它和我的第一部俄國電影經驗有關，印象特別深刻。我的第一部俄國電影經驗其實是在台灣，拜金馬獎國際影展之賜才得以看到，那部電影由梁贊諾夫執導，片名是《殘酷的羅曼史》，改編自十九世紀作家奧斯特洛夫斯基的小說《沒有嫁妝的女人》。電影敘述一位家道中落的女孩拉麗莎，在母親勸說之下，以黃花閨女的身分拋頭露面，想用美貌和才藝吸引公子哥拜倒石榴裙下，為自己找到如意郎君，但最終卻遭到仰慕者因愛生恨而槍殺的悲慘命運。影片很大部分著墨在拉麗莎母女與仰慕者間的應酬往來，看這場婚姻買賣裡各人心中的機關與盤算，真讓人感到不寒而慄。不過當鏡頭轉到拉麗莎，看她一手輕撥吉他琴弦，一邊深情款款向意中人（尼基塔・米哈爾科夫飾演）唱出一曲相思，那份柔情又讓人很難不動容。電影結尾的場景是在伏爾加河上的遊船裡，在激昂高亢的吉普賽歌舞表演後，一聲槍響打破寂靜——拉麗莎中槍，她邁著搖晃不穩的步伐，掙扎地走過每一個發誓愛她卻沒有真正履行諾言的男士舷窗，她空洞的大眼彷彿是無語的求救，而隔著玻璃的男人眼中盡是錯愕與驚訝之情，但始終沒有人伸出援手，任她獨自凋零死去。電影《殘酷的羅曼史》讓我至今難忘，就是因為它是那麼的溫柔淒美卻又殘酷無情。

帶著在台灣結下的俄國電影情緣，我飛到莫斯科，最常看電影的場所是莫斯科大學內的電影院，老師們總是熱心推薦由經典名著改編的電影，既可以當教材，又可以殺時間。而這種名著改編的電影也很多，似乎在蘇維埃時期，導演把所有能拍的文學經典都改拍成了電影。談到這裡，我想起一件趣事，就是蘇維埃早期的電影天才愛森斯坦，畢生致力於電影的創新，但保守的蘇維埃政府對任何形式的創新都不感興趣，文化部官員對愛森斯坦說，不要拍什麼創新電影了，愛森斯坦反問：「那我要拍什麼？」官員說：「經典名著呀，只要是經典名著，任何一部都可。」愛森斯坦完全不想拍這類電影，但想整整眼前的這位官員，於是他說：「好，那我拍《巴爾科夫》（古典情色文學）。」官員一楞，因為他沒聽說過《巴爾科夫》這部作品，於是反問：「《巴爾科夫》是經典名著嗎？」愛森斯坦不耐煩地揮了揮手，敷衍道：「當然是經典。」官員不敢再問，只說：「是經典就好辦。」然後就趕忙回去交差。這故事到此結束，後來官員發覺受騙，《巴爾科夫》當然也沒有拍成，不過蘇維埃官員無知的形象倒是很鮮明的留了下來。

蘇聯時期對藝術創作者的箝制眾所週知，其實不光是蘇聯時期，帝俄時期也是，整體說來俄國藝術家的創作環境一直以來都很惡劣，如何突破環境條件的限制以達到一定的藝術成就，甚至表達心中思想，這就是俄國藝術創作者所面臨的課題。蘇聯時期導演大量改拍文學作品，原因之一就是因為這是最不觸動政府神經的電影類型，而大量的十九世紀文學經典與思想正確的社會主義共產主義文學作品則提供豐富的選擇，雖然對一位電影創作者而言，這不是最好的選擇，但沒有選擇的選擇，也勝過無電影可拍的好。而如何將經典文學拍成有價值的電影，那其實要看導演的功力，在我看過的這類電影中，喜歡的不多，只有《帶小狗的女士》、《吉普賽人行路天涯》與《狗的心》等幾部最讓我感到回味無窮。

電影《帶小狗的女士》是一部黑白片，改編自契訶夫的同名小說，導演海飛茲選擇了這麼一部無論在形式和內容上都屬完美的文學作品，無疑是給自己出難題，但電影最後成功了，並在一九六〇年的坎城與倫敦影展中大放異彩，由此看來海飛茲的才華無庸置疑。至於片中的靈魂人物，即男主角巴塔洛夫與女主角薩溫娜的表現都非常傑出，尤其是薩溫娜，她不是那種耀眼的美女，但溫柔婉約的風采自有一番動人處，加上內斂沉穩的演技，讓她完全與契訶夫筆下的女主角安娜融為一體。不過，片中另有一點吸引我，就是拍攝地點——俄國貴族的度假聖地雅爾達，那一片波濤起伏的黑海風光既迷人又勾魂，無怪乎一直以來是俄國男女偷情外遇的聖地，只是古羅夫（男主角名字）遇上的那位帶小狗的女士是朵巫山雲，戀上了就再也驅不走，任黑漆漆、險惡不過的黑海波濤也捲不走這個女人在古羅夫心中留下的影子。

另一部一九七六年的彩色影片《吉普賽人行路天涯》則把場景從海邊拉回俄國南方大草原，它改編自高爾基的短篇小說〈馬卡爾．丘德拉〉，描述吉普賽人的愛情：勇敢剽悍又自負的扎巴爾愛上美麗驕傲的拉達，但拉達，這位吉普賽女郎愛自由遠勝於愛情，她在眾人面前拒絕了扎巴爾的求愛，讓原本以為勢在必得的扎巴爾難堪，於是他拔出刀子，對準拉達的心臟一刺，結束了這個永遠不屬於任何人的草原之女的性命。拉達的父親目睹愛女之死，悲憤之餘亦拔刀刺向扎巴爾的後心，扎巴爾一聲不哼倒地死去，一場原本喜氣洋洋的婚禮最後以流血悲劇收場，令人唏噓不已。這是一部很受歡迎的大眾影片，捧紅了飾演拉達的女主角托瑪，因為在號稱乾淨無色情的蘇維埃電影中，托瑪飾演的拉達在灌木叢裡以櫻桃小口銜漿果挑逗扎巴爾的畫面，以及在他面前寬衣解帶、袒露胸脯的一幕都大開俄國觀眾的耳目，那是蘇維埃電影有史以來頭一遭，托瑪一躍成為蘇維埃電影的性感巨星。

關於托瑪寬衣解帶的一幕，俄國人常對此打趣，因為從托瑪解開第一件外衫起，所有觀眾無不在等待觀賞她的胸脯，然而在接下來的十分鐘裡，托瑪的衣服像變魔術一般，怎麼脫都脫不完，而看到那裡我才恍然大悟，怪不得吉普賽女人

高爾基（Maxim Gorky, 1868-1936），蘇聯重要作家，1892年初次發表作品〈馬卡爾．丘德拉〉揚名，左圖為蘇聯時期出版的書封。

總是來去自如，因為她們身上看似輕薄的衣裳裡可是能夠放進一整輛馬車的家當哩！終於，托瑪解下了上衣，露出一對不算太豐滿的乳房，而散落草地上的綢紗足夠鋪一張舒適而且不透露水的大床，但扎巴爾並未因此踰矩（想當然耳！），只向拉達丟下「明天聚會上向妳求婚」的一句話就離去，留下赤裸上身的拉達一人在露重霧濃的漿果樹林裡。這幕托瑪露胸的鏡頭成為蘇維埃電影的經典畫面，因為之前沒人脫，之後則沒人像托瑪那樣脫。

還有一部我非常喜歡的電影是《狗的心》，它改編自布爾加科夫被禁了六十年的同名小說。從一九八八年推出後，《狗的心》立即成為最受俄國民眾歡迎，也是評價最高的電影。這部電影的成功可以概括用「精確」二字解釋，導演博爾特科不論在美學、視覺與內涵上，都精確掌握了原著精神；而他採用黑白片的方式拍攝，則讓觀賞者更能進入一九二〇年代俄國社會對立嚴重時期的氛圍。此外影片的服裝、道具和布景也無一不精確，不過更值得一提的是演員對角色掌握的精確。片中靈魂人物普列奧布拉仁斯基老教授（葉夫斯欽涅夫飾演），一位俄羅斯最後知識分子精英的寫照，他對科學充滿信心，為了探知遺傳學，他進行了一項實驗性的手術——將死人的腦下垂體放入狗的腦中，最後狗變成了人。然而，這位新人類沙里科夫（托洛孔尼科夫飾演）沒有成為教授預期中可以用教育手段達至良善境地的英才，相反的，他身上遺傳了所有腦下垂體所屬者——一個無產階級流浪漢、酒鬼與搶劫犯所有的劣根性，另外還保留了部分的狗性。於是另一場知識分子對抗無產階級的大戰在教授家中展開，而結論則是，透過手術實驗得知，狗最好還是當狗的好。電影《狗的心》可說將布爾加科夫小說裡尖銳的荒謬和諷刺性展現得淋漓盡致，而飾演老教授和新人類沙里科夫的兩位演員則藉此片達到演藝生涯的最高境界。

電影的魅力豈能用言語表達，最好是坐在電影院裡親身感受，可是對於習慣好萊塢電影的台灣觀眾而言，接受歐洲片者已經不多，看過俄國片的更是寥寥無幾，不過若有機會看到，那麼可別錯過那些影像要告訴你的故事。

誰來了解《狗的心》

俄國人愛狗，在俄國有許多關於狗的故事，狗的雕像也不少，在彼得堡著名的醫學實驗研究所西南分院裡有一座狗雕像，名為「帕夫洛夫的狗」，這是一九〇四年諾貝爾醫學獎得主帕夫洛夫為了紀念對他研究貢獻良多的狗兒，在一九三五年設置的紀念碑，然事實上「帕夫洛夫的狗」不只一隻，也不是兩隻，共有九十一隻實驗狗，這數字背後反映的科學實驗犧牲品其實是巨大而殘酷的。

那麼狗又是怎麼看人的？狗眼看人低、狗仗人勢，這些成語顯然帶有偏見，把狗說成是勢利的動物，其實狗聰明、忠心、又正直，狗比許多人的品格都來得高尚。從狗的角度來看人，難免令人聯想到阿普留斯的《變形記》，或是卡夫卡的《蛻變》，作家藉「變形」之母題以發揮對人世的反諷，或是表達對時代變化的荒涼感受，在多災多難的俄國文學史上確實不乏對「變形」母題偏好的奇想文學，十九世紀最有名的作品當屬果戈里的短篇小說〈鼻子〉。

果戈里頭像，攝於作家位於莫斯科的故居博物館外（丘光／攝），果戈里本人的鼻子相當有特色。

一九一七年共產革命成功後，俄國社會的許多價值觀都倒轉過來，原來是對的，現在變成是錯的，原來在上面的，現在換到下面，舊時的原則在新社會裡完全不適用，什麼話該說，什麼又不能說，什麼能寫，什麼又不能寫，分寸拿捏在當時分外緊要，卻也格外難掌握。對當時很多俄國人來說，一九二〇年代是個光怪陸離的時代，反映在小說裡也是，有關那個年代最讓人印象深刻的作品當屬諷刺作家布爾加科夫寫於一九二五年的小說《狗的心》。

故事是說一九二五年十二月底已經是無產階級當家的蘇聯首都莫斯科的一個寒夜裡，一隻挨餓受凍的流浪狗，小說裡稱牠為沙里克，竟遭惡劣廚師以沸水燙身，垂死的狗一邊哀嘆命運的悲涼，一邊「竟然」還有力氣批評人類！牠不斷咒罵包括廚師在內的無產階級，說這等卑劣行徑只有無產階級才做得出！這樣的「真話」非得是狗才有勇氣在那樣的時代裡說出。面臨生死交關的狗已經放棄求生的念頭，不想這時一位「一看就知道是個好心、體面、有品味又有知識的紳士」向牠走來，給牠好吃的香腸，並帶牠回家。狗既驚又喜，再次肯定自己對有身分地位的知識分子階級的看法。確實如此，收留這隻狗的紳士正是國際知名醫學教授——菲利普．菲利波維奇．普列奧布拉任斯基。

教授其實從事的是器官移植、回春術以及優生人種的實驗和研究，上門求診的病患無數，包括無產階級政府和黨中央高層人士，還有二〇年代因新經濟政策施行一度容許的小資產分子，教授為他們進行收費昂貴的回春手術，藉以維持他那所位在莫斯科普列奇斯堅卡（意為聖潔聖母）街上的豪宅裡所有開銷和僕人費用，同時也獲得有效的政治庇護。

教授將流浪狗帶回家其實沒安好心眼，他主要目的是想用狗進行一項科學實驗，若狗兒沙里克真能知道教授當時的意圖，內心必然生起一股悲悽感。這項科學實驗就是藉由手術把人類的腦下垂體和睪丸植入狗的體內，再觀察植入的腦下垂體對恢復青春的作用。手術結果既符合卻又超出教授的預期，人類的腦下垂體植入後，狗兒發生形體上的變化，「牠」變形而成為了「人」。

狗兒沙里克變成了「新人」沙里科夫，但是在這位被創造出來的「新人」身上卻看不到任何能稱之為「良善」的德性，「他」滿口粗言穢語、行為猥瑣、思想下流、心胸狹窄、善妒、記恨，兼之狡詐、投機又趨炎附勢。手術結果只是讓一隻忠心耿耿、懂得感恩的好狗變成一個齷齪的下流之徒。教授雖然完成了醫學界前所未聞的創舉，卻必須面對他一手製造出來的怪物所帶來的無窮麻煩……

故事聽來荒謬又令人發噱，作者布爾加科夫也十分清楚，所以他在書名外又再下一個副標「一則荒誕離奇的故事」。自古以來，人類即不斷追求青春不老和

布爾加科夫（M. Bulgakov, 1891-1940），攝於作家位於莫斯科的故居博物館內壁畫（丘光／攝），蘇聯重要作家，長篇小說《大師與瑪格麗特》被認為是二十世紀最偉大的作品之一。

永生不死之術，道家的煉丹、西方中世紀的鍊金術，之後的胎盤素、威而剛的運用，到今天醫美的盛行，顯示追求青春的欲望其實是促進人類文明前進的一大動力，然而對一九二〇年代的蘇聯來說，當時社會氾濫的卻是另一種想法——所謂改造人種的想法，即透過人為手段製造完美的共產黨員！《狗的心》的創作動機正是對此一想法的批判。

小說中最有趣的人物當屬普列奧布拉任斯基教授，這是一個帶有戲劇性誇張色彩的人物（原型為作者的醫生親戚波克羅夫斯基）。這位精力充沛、權威感十足的教授評論起俄國無產階級革命的言論可謂一針見血，狗兒沙里克在這方面跟教授完全站在同一陣線。據彼之意見，如果俄國革命的成就是讓無產階級當了家，那麼其後果就是「住了十四年的公寓大樓裡開始出現小偷，每個月大樓都要停一次電，走在路上竟然看見無產階級穿著偷自他家的套鞋，女人開始照男人的方式打扮戴起鴨舌帽，還有每星期四晚上大樓裡的無產階級都要聚會唱難聽的歌，同時高喊『向崩潰鬥爭』的口號，然而事實上，經濟崩潰的原因……」，說到這裡教授拉高分貝，「正是因為人都跑到街頭高喊口號，沒有回到工作崗位上盡本分導致。」在教授的眼中，革命的成果如果是讓人的存在與住房的保障要靠一堆白紙黑字和蓋章的文件才能證明的話，那只能說是荒謬。

教授對革命的言論被認為非常接近作者布爾加科夫的意見，但這樣誠實的態度真讓人替他捏一把冷汗，但凡聽過這故事的人都認為小說「要通過文字檢查是困難的」，從現存手稿中發現若干敏感地方有作者親筆的修正，例如「共產黨員」被改為「生活同志」，「勞動黨團教育」被改為「新興同志事業」，「無產階級」準則被改為「勞動」準則等等，顯示作者爭取小說能獲刊登的努力，然而所有努力最終付諸流水。從一九二五年作品完成起到一九八七年為止，小說在俄國塵封了六十多年，很少人知道有這部小說的存在，作品的命運如此，作家的命運就更崎嶇，他成為蘇聯文壇的拒絕往來戶，走投無路之下，作家不得不寫信給蘇聯最高領導人史達林，在信中他自稱為「俄國文藝曠野中僅存的一匹孤狼……無論是染色還是剪毛，狼終究無法成為一隻捲毛狗……您要不就驅逐我出境，要不就讓我做想做的工作。」或許這封信真的起了作用，史達林將布爾加科夫安插在莫斯科藝術劇院中工作，但他所有的創作作品仍然被禁，作家最後是含恨而終。

回到小說本身，政治主張頑固保守的教授對發生在俄國的政治革命顯然完全排斥，這似乎與他在醫學上進行前衛的「優生學」實驗理念相違背，但這應與他目睹了革命帶給俄國的破壞和紊亂的經驗有關。教授對狗兒進行的實驗手術雖然是造出了一個「新人」沙里科夫，然而沙里科夫的行為模式竟然完全承襲了器官

《狗的心》1988 年的戲劇海報（丘光／攝）。

移植者——一個酒鬼和無賴的習性，至於狗兒身上原本的特質，如善良、依戀、忠誠和機靈則完全消失，更糟的是沙里科夫的行為模式從他一成為人起就根深蒂固，並非透過教育就能改善。

教授此時必須面對自己的實驗惡果，他必須跟他最厭惡的無產階級流氓共處一室，必須不斷提醒沙里科夫不要說髒話、不要調戲女僕、不要畫色情圖片，必須時時提防沙里科夫向人告密檢舉，必須繃緊神經不讓沙里科夫騎到他頭上……教授陷於沮喪和絕望之中，卻也促成他在探索人種改良的方向上的深刻省思。

教授那間寬敞、舒適，有七間房的大公寓此時內外都遭受無產階級的包圍，沙里科夫已經和大樓的無產階級住房委員會結合在一起，密謀奪取教授的家，正是在這一天緊似一天的日子裡，教授下了決心，他抓住沙里科夫身上唯一勉強可以稱作是優點的部分，即他還保有狗兒沙里克的心，只是這個所謂「殘餘的」犬類習性會逐漸消失，屆時人類沙里科夫身上所顯示的邪惡力量，將會給教授帶來無窮的災難。教授明白這一點，所以他必須在狗兒的心尚未完全消逝之前進行反轉手術，做最後一擊，小說就以沙里科夫又變回為狗兒沙里克，教授家恢復原來的平靜和秩序結束。

仔細想，這故事最荒誕之處在於，教授高超的外科手術帶給狗兒的只是一個支離破碎的生物軀體，狗兒最終保持自身的完整，靠的還是自己的那顆狗心。日本作家村上春樹在《世界末日與冷酷異境》裡說道：「沒有心的人只不過是會走路的幻影而已。」小說中在那條沒有心的「街」裡，世界以靜止狀態無止盡地延續下去，沒有戰爭、沒有憎恨、沒有欲望，但同樣也沒有喜悅、幸福和愛情，這樣的世界無論如何不能稱之為完整，所以主角「我」在沒有心的世界裡拚命尋找心的去處，那是決定光明與黑暗、溫暖和寒冷的二元世界的掙扎。村上春樹以形而上哲學來思索物質文明進展與人類心靈失落的問題，在布爾加科夫的《狗的心》中有關形而上的心靈議題並非以獨白或是對話的形式來呈現，而是以傳統敘事方式和戲劇性的荒謬行為及衝突來演出。

如果說，教授的手術是一次差堪比擬上帝造人的創世之舉，如果人為手段真能取代天意，那麼人類真已經準備好承受科學所帶來的一切後果嗎？教授最後承認這是一次失敗的手術，失敗的實驗，而透過教授的反省，布爾加科夫試圖闡釋他的看法，就是所有違反自然進程的實驗或是大革命，都是一種暴力手段，當結果的發展不是按照這些理論實踐者所設想的路線發展下去時，上帝造人的善意會直接為魔鬼的需求鋪路。

令人難忘的俄國彈唱詩人——維索茨基

二十世紀六〇年代間，俄國文壇重現一股詩歌熱潮，伴隨這股熱潮發燒的還有被稱作「彈唱詩歌」的新類型藝術。所謂「彈唱詩歌」就是文藝創作者在小型聚會或是公眾場合裡，在吉他伴奏下演唱自己創作的詩歌。這類歌曲的內容一開始僅觸及創作者的內心感受，後來逐漸發展成對社會的觀察和批判，某一程度上，這類歌曲反映並抒發了大眾的心聲，也因為如此才吸引越來越多聽眾的注意。蘇維埃時期第一批彈唱詩人可追溯至四〇年代的安恰洛夫和奧庫扎瓦，六〇、七〇年代有加里奇和維索茨基。這些彈唱詩人不管在街道、禮堂，或是體育場，只要他們手中有一把吉他外加一具音箱，就能自如地演唱自己的歌曲，吸引民眾駐足聆聽。在這一類表演方式裡，維索茨基突出的個人形象和鮮明的創作風格尤為令人難忘。

弗拉基米爾・維索茨基（Vladimir Vysotsky, 1938-1980）同時身兼詩人、歌者、詞曲創作者和演員的多重身分，他出生於莫斯科，童年時隨家人住在柏林近郊。中學畢業後，他進入莫斯科藝術劇院附屬表演學校就讀，一九六〇年畢業。四年後，他成為莫斯科先鋒派劇場之一的塔干卡劇院的台柱。維索茨基在舞台上演出角色無數，但獨鍾莎翁筆下的哈姆雷特，此外他也演出電影，作品多達二十六部，是一位非常受人喜愛的專業演員。

維索茨基的彈唱生涯始於家庭聚會，後來開始在公共場合演唱，並獲得廣大聽眾的喜愛。作為一名彈唱詩人，他非常善於感受同胞以及當代人的生活，他們的歡樂和痛苦、希望和恐懼無一不真實反映在他的歌曲中，而他內心激昂的情感恰恰也通過他的聲音，鏗鏘有力地傳達給聽眾。維索茨基的作品內容廣泛，有揶揄蘇聯生活的庸俗，也有歌頌愛情的美好。以下面一首詩為例，維索茨基對共產黨欺騙人民，又喜歡用武力方式干預他國內政的作為狠狠挖苦一番，他說：「我從不相信海市蜃樓的存在／也不會為了未來天堂準備行李／謊言的海洋吞沒了教師，又在馬加丹附近把他們吐出／……／我們不只在生活中喧鬧不休，在舞台上也是：／我們頭腦不清，我們還是小孩——／但很快人們就會將我們評判／哼！誰又敢說一句反對？／我們就將他們痛打一頓！／……／雖然亂放子彈不會讓我們毀滅／但我們活著／卻抬不起頭／我們都是俄羅斯恐怖年代裡的孩子／艱難歲月要我們用伏特加保持精力。」在維索茨基豐富多樣的作品中，不難發現其創作的基本立足點——和平主義和助人精神。

即便是描繪本身未曾經歷過的命運，維索茨基也能透過揣摩而精確地掌握。像在《獵狼之歌》中，他就唱出灰狼覺醒的故事：不願屈服於被獵殺的命運，一匹灰狼在受圍的情況中挑戰狼本身的習性，不向拿槍指牠的獵人衝去，反而闖出紅標旗圈出的狩獵界，隨即飄然離去。此時舞台上只見維索茨基以既粗野又嘶啞的聲音唱著：「我不再服從／要衝出標旗——求生的渴望熱烈！／我興奮地聽到身後／人們聲聲的驚嘆／我繃緊全身神經準備衝出／但今天和昨日不同！／獵人要圍捕我、獵殺我，可他們什麼也得不到！」唱到此，維索茨基充滿激情和高低落差的唱法沸騰了所有聽眾的情感，那幾乎不是用唱的，而是用吼的要將全身的力量釋出。維索茨基的表演只要看過一次就永遠難忘。

一九八〇年維索茨基過世，年方四十二。他的死訊帶給全俄國民眾難以言喻的悲傷，他們自行發起夜間遊行，點蠟燭為他祈禱。至今，在他安葬的瓦甘科夫公墓裡，每年仍有眾多懷念他的群眾來到他墓前憑弔。

暗戀那麼美好

《神曲》的產生據說和一段暗戀有關。但丁九歲時在宴會上遇到女孩貝阿德麗采，彼之倩影從此停駐他心中，不曾離去。八年後但丁在佛羅倫斯亞諾河的老橋邊，與貝阿德麗采再度相遇，至此更陷於深深的愛慕中，於是他開始寫詩，一首又一首，再將詩收集起來，取名《新生》。後來貝阿德麗采嫁給一位銀行家，沒多久死去。但丁悲慟不已，精神萎靡不振，直到他覺得這樣的生活實在有負於貝阿德麗采，於是終於打起精神寫作，最後才有《神曲》的誕生。

我好奇，但丁和貝阿德麗采之間是否曾經交談？兩人的眼神是否有過交會？關於這些細節，沒有資料說明，但我相信，自九歲起但丁心裡就藏著一團火，他的一生都是在愛慕的狀態中成長，伊人如果在世，但丁會用眼睛追隨，伊人如果死去，但丁會用心靈追隨，他的詩就是他的心……

托馬斯．曼的《威尼斯之死》，據說也和作家在威尼斯遇到一位波蘭美少年有關，托馬斯．曼有沒有真正去認識這少年？似乎沒有，但是作家之後將這段經歷寫入小說中，男主角則是位五十歲的作家，叫奧森巴赫，他也在威尼斯遇到一位波蘭美少年，一見傾心，他讚嘆少年面容和體態之美，胸臆間燃起熱切的愛慕，愛慕之心驅使奧森巴赫的雙腳不斷尾隨少年的足跡，踏遍威尼斯，而心中的火焰則隨著眼睛遠遠地凝視少年的面容表情而上下起伏。尾隨——不論是用腳、眼或是心，這已是暗戀者最強行動力的表現了，直接告白是絕無可能。奧森巴赫最後死在瘟疫蔓延的威尼斯海灘上，眼睛依舊凝視前方那早已失去少年身影的寂寥風景。然而這只是表面的結局，奧森巴赫其實是走不出愛慕之火的牢籠，不論有無瘟疫，他最終是會被自身的愛慕之火無情地焚燒致死。

這兩個故事都產生於愛慕和暗戀之心，而暗戀者的痛苦在於——別無選擇，內心的火不是自己點燃的，是無可奈何的被點燃，從此一發不可收拾，只能任其燎原，直到燒成一片灰燼。

暗戀的故事還會繼續進行下去，還會在各地發生，它有可能只是人成長過程中的一段風景，也有可能就此構成一生，而我想要諦聽暗戀者的心，因為最是驚心動魄，它充滿祕密和青春不死的哀愁，既是苦澀，卻也動人。

在一個大雪紛飛的夜晚，在列寧格勒的一棟公寓裡一位女孩雙手撩撥吉他，對著才剛認識幾小時的陌生男子唱道：

我喜歡，您不是因我而害病
我喜歡，我不是為您而憔悴
沉甸甸的地球在我倆腳底下
絕無可能輕飄飄離去
我喜歡，可以擺出可笑之姿
隨意任性——無需玩弄文字遊戲
即便我倆衣袖輕觸，雙頰
也不會因窒息的激盪而泛了潮紅

吉他弦音鏗鏘有力，女子歌聲多情又孤寂，彷彿滿懷情思，抑止不住，卻又倔強地不准對方明白她的心思，於是兩人僵持著，一陣無語。接著女孩繼續唱：

我真心誠意地謝謝您
為了您如此愛我——連您自己也不知曉！

為了您讓我在夜晚擁有平靜
為了黃昏時難得有過的約會
為了我倆在月光下不曾散步
為了太陽不在你我的頭上閃耀
為了您的生病——唉！不是因為我
為了我的憔悴——唉！不是因為您！

聽到這裡，我的心緒不可遏抑地激盪翻湧，眼睛已泛了淚水，那是一首很難讓人不動情的歌，即便是兩個普通朋友，當對方為你唱了這首歌，那時你已經很難抽身，因為你無意間探知了對方心中的祕密，在這首歌之後，普通朋友已經是當不成了。

這首歌是隨著電影《命運的捉弄》在一九七六年的新年前夜在第一電視台首播而流傳開來的，歌曲瞬間征服蘇聯億萬群眾，要求重播之聲不斷，隨著這首歌的暴紅，間接讓一位在蘇聯沉默許久的詩人——瑪琳娜．茨維塔耶娃再度復活。

茨維塔耶娃的名字是美的，尤其是她和里爾克、巴斯特納克三人之間撲朔迷離的情感糾葛，以及她的同性戀傾向。然而，茨維塔耶娃追求波希米亞式的浪漫

瑪琳娜．茨維塔耶娃（Marina Tsvetaeva, 1892-1941），俄國二十世紀初重要詩人。
左圖是當時著名的攝影師舒莫夫（P. Shumov, 1872-1936）拍攝。茨維塔耶娃將這張照片送給里爾克，並在信中說：「照片中我變得更亮麗年輕了……這位攝影師就是幫你的偉大朋友羅丹拍作品的那位。」

和自由雖然讓她在西方詩壇備受喜愛，卻加劇她在蘇聯境內遭受排斥，早期的蘇聯人甚至被洗腦到認為茨維塔耶娃是放蕩、墮落、淫亂詩人的代表！我確實親耳聽到一位老教授這麼對我說，他堅決認為她是俄國文學的羞辱。還好，這樣的時代已經過去。回顧那段歲月，差不多整個蘇維埃文學界都反茨維塔耶娃，她自己曾經很感嘆，說她父親送給俄國一座世界知名的博物館——普希金造形藝術博物館，而蘇聯政府卻拿什麼回報他們家？革命後茨維塔耶夫家族被流放的流放，遭槍斃的槍斃，遣送出國的出國，總之一句話：家破人亡，而詩人自己在一九四一年，不到四十九歲時在走投無路之下因絕望而上吊自殺。

茨維塔耶娃在蘇聯時期成為禁忌，少有人認識她的詩歌，可是梁贊諾夫的電影《命運的捉弄》和電影插曲終究把茨維塔耶娃給復活了，我想導演是愛〈我喜歡，您不是因我而害病〉這首詩的，而作曲家塔里維爾季耶夫更是對茨維塔耶娃傾慕不已，並以絕對的暗戀之心來詮釋這首詩，他是這麼對演唱的女歌手阿拉·普加喬娃解釋這首歌：「妳想像一下這種感受，妳對著一個男人說：『我喜歡，您不是因我而害病，我喜歡，我不是為您而憔悴』，這麼講很輕鬆，兩人只是普通朋友，可是事實上妳心裡想的完全相反，其實妳希望，他生病是因為妳，妳還希望他知道，妳憔悴是因為他。」

以此類推，整首詩歌都必須倒過來看，方能明白言外之意：

「我不想要感謝您，我不想要您用這種方式愛我，我不想在夜晚擁有平靜。我想要失眠，想您想到天明。我不想黃昏時一人在家，我夢想能和您在月光下散步，漫遊整夜，直到太陽升起，光芒照耀在我倆的頭頂上。我喜歡，您是因為我而生病；我喜歡，我是為了您而憔悴。」這是愛慕者永遠都不會說出口的話，這是鎖在愛慕者心裡直到死去都念念不忘的告白。

究竟茨維塔耶娃的這首詩是寫給誰的呢？很長一段時間裡都沒人知道，直到一九八〇年代才找出答案，很出人意外，詩是獻給詩人的妹夫明茨的，他是瑪琳娜的妹妹安娜斯塔西雅的第二任丈夫。詩歌寫於一九一五年的五月，那年明茨剛認識茨維塔耶娃姊妹，秋天時明茨就向安娜斯塔西雅求婚，立即獲得對方首肯，兩人婚後幸福，但兩年後明茨死於醫療疏失。

究竟明茨對姊姊瑪琳娜懷著什麼樣的情感？瑪琳娜又對未來的妹夫抱持如何的態度？這一部分的真相至今無法釐清，是兩人互有情愫，但是礙於妹妹，致戀情未能進一步發展？還是這只是瑪琳娜一方的單相思？又或是相反，是明茨暗戀瑪琳娜，被聰慧敏銳的詩人猜到心思，激發靈感而寫成的一首詩？種種遐想和可能為這首詩歌增添禁忌的浪漫色彩，而自塔里維爾季耶夫編成歌曲以來更是不斷騷動愛慕者的心。

但是有一個人肯定不喜歡好事者的猜想，就是妹妹安娜斯塔西雅，她對懷抱好奇來探訪她的人說：「這首詩就是字面的意思，別無他意，瑪琳娜就是很高興，高興有一個人出現了，而且這個人可以照顧我，就是這樣。」

真的就是這樣嗎？那如何解釋這些字句：

我還喜歡，您當著我的面
可以自在地摟抱其他女子
也不會因為我沒將您親吻
而要我受地獄之火的煎熬
我還喜歡，無論白天或黑夜，我溫柔的人兒
您都不會念及我溫柔的名字……
我更喜歡，不會有人在教堂的寂靜之中
在我倆頭頂上方頌唱：哈利路亞！

茨維塔耶娃百年冥誕紀念明信片。

從這些話語很難不察覺暗戀者慣有的自虐之心：「讓我痛吧！讓我哭吧！因為您完全無視於我的存在，可以隨意摟抱其他女人，您也不需我的親吻，更不會想起我的名字，不論白天或是黑夜。我永遠不可能和您一起走進教堂，讓別人為我倆頌唱祝福的聖歌。」對這些既曖昧又怨懟的話語，安娜斯塔西雅都可以給予義正嚴詞的反駁，以證明這首詩確實「別無他意」，而所有人都是「多心了」。安娜斯塔西雅的心情是可以理解的，因為她有權維護她的姊姊、她的愛情，還有她的婚姻。只是在暗戀者的詩情國度裡寧願糾結在無盡的遐想和曖昧不明的情感裡，寧受地獄之火的煎熬，也遠勝於那冷冰冰無味的真相。

時代的不安與女人的心事——阿赫瑪托娃的情詩

安娜．阿赫瑪托娃是二十世紀最負盛名的俄國詩人，有「俄羅斯莎孚」之美譽。阿赫瑪托娃本名安娜．戈連科，因為父親反對女兒寫詩，告誡她「不要侮辱了家族姓氏」，少女安娜於是傲然回答父親：「那我也不稀罕你的姓氏。」就這樣，她決定從外祖母那一方，有韃靼汗王血統的家族裡替自己選筆名，於是詩人安娜．阿赫瑪托娃於焉誕生。

每每閱讀阿赫瑪托娃的詩歌，感覺就像是在把玩一個魔法寶盒，外盒的木頭紋路細緻溫潤，摸起來讓人愛不釋手，翻開盒蓋，竟發現內裡藏著個迷你舞台，裡頭上演著一齣換過一齣的愛情戲碼：且看舞台上那冷酷俊男是如何為愛情所傷，再看那多情女子是如何驕縱地挑逗著愛……在寶盒的舞台上詩人歌詠了數不盡的人間風月，低吟了理也理不清的男歡女愛，歲月之於阿赫瑪托娃即是如歌的行板，總在愛與詩的交纏中流逝而去。

秋風起兮之際最適合讀阿赫瑪托娃，讓易於感傷的心耽溺在淡淡憂愁中：

黑面紗下我雙手緊緊交握於膝……
「今天妳臉色怎麼如此蒼白？」
「因為我用酸澀的苦痛
把他灌飲至醉。」

我怎能忘記？他踉蹌走出，
嘴角因痛苦而歪扭……
我急奔下樓，扶手來不及觸，
緊隨他至門口。

我上氣不接下氣，大喊：「這一切
只是玩笑，你若走，我就會死。」
他平靜而慘然一笑
只對我說了句：「別站在風口上。」

安娜．阿赫瑪托娃（Anna Akhmatova, 1889-1966），俄國二十世紀重要詩人。這幅著名的側面照，突顯出她特別的鷹勾鼻，這裡勾勒出的不只是剛強的臉部線條，還有她面對命運的堅韌。

任性的女主角用話刺激男友（可能只是普通朋友），不過詩裡沒說是哪些狠心的話，留待讀者想像，男友聽了之後臉色大變，嘴角肌肉因痛苦而扭曲，儘管短暫，卻被詩人捕捉到，於是這位備受委屈的男主角和他痛苦變樣的嘴角就成為詩歌中經典的一幕。

女主角顯然是故意激怒男主角，藉此測試一下對方的心意，等對方受不了刺激轉身離去，她又不顧危險在樓梯間狂奔追去，擔心玩笑弄假成真，於是趕緊大聲叫住對方，甚至以死相逼……

詩中的愛情故事頗像偶像劇的橋段，刁蠻的女主角像個大小姐般任性，但還不至招人反感，因為詩一開始就點出她已經「懺悔了」，讀者都知道她「認錯了」，雖然如此，這首詩最讓人感動的部分還是在於男主角，他即便受到委屈，卻始終保持風度，沒有惡言相向，詩末尾他對女主角說：「別站在風口上」，聽得讓人心痛，忍不住淚水盈眶，心痛是因為知道他內心受了重傷，卻還是強忍住，反而擔心女友站在門口受到風寒，催促她趕快回到屋裡，那種關切他人勝於自己的溫柔就是在這一句中顯現，詩最後就是停格在這句話。

男女主角最後有沒有和好如初？詩人技巧性地沒有回答，讓讀者繼續想像，事實上阿赫瑪托娃常在詩裡留白，一方面保有懸疑，再者此舉更能突顯她意欲表述的重點，以本詩為例，透過女主角的驕縱任性襯托出男人深情不悔的形象，試問有多少男性作家對自己筆下男主角的愛情的描寫可以超越此詩呢？

若說阿赫瑪托娃的世界是由愛與詩所築成，一點也不為過，詩人筆下的男女主角都逃不過愛情的折磨，既然如此，那就勇於為愛付出，敢為愛行動，並為自己那顆受苦的心驕傲。前一首詩裡女人還讓男人心碎，下一首詩裡女人就被男人拋棄，女人那顆陷入愛戀的心正是詩人首要書寫的對象，因為那是一本最複雜的書，裡面的祕密必須一讀再讀，方能解謎，阿赫瑪托娃在這首〈最後一次相會之歌〉中，側重描寫女人失戀時那幽微轉折的心思：

胸口是如此無助發冷，
而腳步卻依然輕盈。
我將左手手套
戴在了右手上。

女主角被男人甩了，但她不願意在男人面前顯露驚慌和無助，於是勉強支撐身體，刻意維持腳步的輕盈，彷彿毫不在意，但是那個將左手手套戴在右手上的不經意舉動卻洩漏出她的心慌意亂。

階梯似乎有許多級，
但我曉得——它們只有三級！
楓葉間傳來秋之低語
央求著：「和我一塊死吧！

好不容易走出門，女人雙腳早已無力，想要蹲下，找個地方大哭，偏偏眼前有個階梯阻礙，儘管只有短短三級，這階梯在失戀女子的眼中卻像是個無止盡延伸的長梯，怎麼走都走不完！對女人這種偽裝的堅強，以及死命的矜持所帶來自我折磨，阿赫瑪托娃每每描寫得讓人拍案叫絕。

失戀女子千辛萬苦才走出男人的家，受創的內心亟需安慰，此時一陣秋風吹過，楓林間傳出簌簌低語，彷彿明瞭她那顆遭受遺棄的心，竟向她提議：「和我一塊死吧！」看盡無情天地流轉的楓樹滔滔不絕地開始訴說自己的命運：

莫迪里亞尼（Amedeo Modigliani, 1884-1920）畫的阿赫瑪托娃，下方寫：「巴黎，1911年」，此外，他還畫有幾幅她的裸體畫，據說他們倆曾有一段曖昧的情感。

我被那憂鬱、善變、
又險惡的命運給欺騙了。」
我回應說：「親愛的，親愛的！
我也是啊。讓我和你一塊死吧……」

失戀女子儘管嘴上同意和楓樹一塊死，心中仍舊不捨那個拋棄她的男人，忍不住回首曾經的愛巢，無奈回應她的卻只有男人臥房裡「蠟燭蒼白而冷漠的微光」，讀到這裡忍不住鼻頭一酸，實在心疼女主角的淒涼。

這是最後一次相會之歌。
我回顧那幢漆黑的房屋。
只有臥房裡映照出
蠟燭蒼白而冷漠的微光。

阿赫瑪托娃的詩歌魔法盒裡寫的就是這些徘徊在熱戀、離別與背叛之間的男女情事，正是因為如此，早期的阿赫瑪托娃被稱為是「女」詩人，她的詩被叫作小詩，可是事實上就是在這樣的小詩天地間早已隱藏著一顆感應外界大宇宙的心，只是詩人擅以女人驚擾不安的心回應時代的紛紛擾擾，這一部分即是她獨特的書寫方式，卻極難為批評家所察覺。現在來看一首名為〈兜風〉的詩，感受一下女詩人那顆敏銳的心：

帽羽輕觸馬車頂，
我瞧了瞧他的眼。
心底一痛，卻不能明瞭
自己痛苦的原因。

羽毛帽子最近因為英國凱特王妃的偏愛而重新流行起來，帶動時尚界的復古風，而一百年前阿赫瑪托娃正是運用這樣的一頂帽子來訴說女人的心事。

請想像一下：女人和男友一起坐馬車兜風，她頭上戴著裝飾有華麗羽毛的帽子，高揚的羽毛隨著路程顛簸在空中不斷飄動，羽毛頂端時不時地來回摩擦馬車頂，這畫面讓人忍不住聯想到一種內心的騷動，這即是阿赫瑪托娃最擅長的手法——觸景生情，情生意動。再繼續往下讀：

多雲的天幕幃底
夜晚無風，憂愁籠罩，
好似古老畫冊裡
彩繪的布隆尼森林。

與男友乘馬車兜風，理應浪漫愜意，但是詩中的女人不知為何，卻是心情沉重，映入眼簾的風景，如多雲的天幕、憂愁的夜晚，都讓她感覺有壓力。這一段凝重的氛圍與兜風給人預期的輕鬆有很大的落差，讀者的心情不禁下沉。最後一段寫說：

汽油味夾雜紫丁花香，
巡邏戒備的靜肅……
他又再次輕觸我的膝
用他微微顫抖的手。

汽油和車子是工業文明的產物，汽車噴出的汽油味刺鼻難聞，久久不散，與紫丁花香氣混之，不但無法增添愉悅，味道反而更讓人難過。此句是阿赫瑪托娃非常現代主義風格的詩句，將衝突性強烈的詞語並排以點出現代人失衡、不協調的生活狀態，然而直到下一句「巡邏戒備的肅靜」，才點出女人不安的來源——時局不穩，似乎處於備戰狀態，無怪乎她心情沉重。最後兩句則又回到男女主角的身上，讀者這時才明白男人的手為何微微發抖，顯然「巡邏戒備的靜肅」也影響到了男人，然而如此細微的動作也只有心思極度敏銳的女人才感受得到。

〈兜風〉一詩總共十二句，寫於一九一三年，這一年裡阿赫瑪托娃文思泉湧，《念珠》詩集裡收錄的五十多首詩裡有將近三十首是寫在這一年裡，而這一集子裡她最愛用的詞彙卻是驚慌、憂慮、不安、悲傷、心痛和難以言喻的哀愁，這些詞彙融在男歡女愛的詩句裡，看起來正像是阿赫瑪托娃之所以為「女」詩人的例證，都只是些歌詠風花雪月的情事，那時幾乎沒有人發現，那些詞彙其實是阿赫瑪托娃對紛亂時代的預感和回應。隔年俄國向德國宣戰，第一次世界大戰爆發，整個歐洲都被捲進戰火中，而俄國的戰火間歇延續近半世紀之久。

時間流逝，第一次世界大戰與一九一七年共產革命接續發生，俄國這個國家的面貌全變了樣，跟著是慘烈的內戰，然後是史達林的整肅異己，再來是第二次世界大戰，之後是東西方對峙的冷戰，歷史大事馬不停蹄地更迭替換，大部分阿赫瑪托娃的同時代創作者都承受不住時局的摧殘而紛紛辭世，而她，這位只是吟風弄月的「女」詩人，竟生存了下來，還寫出了《安魂曲》、《沒有主角的敘事詩》等氣魄宏偉的長篇詩作，成為了時代的見證人，同時也蛻變為大詩人。

好奇的人們於是開始思索，翻閱她早期的作品，想弄明白，究竟是什麼樣的力量讓這麼一個看似脆弱的女人變得如此堅強？直到這時大家才恍然大悟，原來在吟風弄月的字裡行間就隱藏著一顆回應時代變動的堅毅女人心。

由此推知，愛情應是磨練阿赫瑪托娃女主角堅強性格的最佳訓練師？看來確實如此。再次翻閱那首〈最後一次相會之歌〉：失戀女子來到屋外，看著被秋風吹得簌簌作響的楓樹，彷彿向她傾訴：「和我一塊死吧！我被那憂鬱、善變、又險惡的命運給欺騙了。」女子心有戚戚焉，竟也對楓樹說：「親愛的，親愛的！我也是啊。讓我和你一塊死吧……」北國的秋夜露重風寒，女子一人佇立屋外，任憑風侵入骨，露水浸濕雙足，也要把那失戀滋味反覆品嘗，她看著男人臥房裡「蠟燭蒼白而冷漠的微光」，終於明白愛情的無情一如命運，總是戴著一副「憂鬱、善變、又險惡的」面具眩惑女人的心，然而女人的固執仍舊讓她義無反顧地投向愛情的懷抱。

就是這種看似自虐其實堅強的個性決定了詩人的命運，對阿赫瑪托娃來說，迎向愛情贈與自己的苦難和磨練，就是面對命運，放棄愛情雖則意謂獲得修女一般心如止水的平靜，卻不是她要的生活，詩人就像她的女主角一樣從未對愛情感到厭倦，她熱愛愛情一如熱愛詩歌，活到老愛到老，吟誦詩歌到老，而心就在愛情的眷戀與背叛中淬鍊成鋼。

愛情之於詩人就是個形而上的生存問題，不論它以何種面貌出現，阿赫瑪托娃的心總是迎向愛情、面向命運，關於情詩她寫了一生，歷經愛情一次又一次的折磨，卻也磨練了她的心志，就連二十世紀這殘暴的時代之君也無法將她擊垮。詩人熬過了漫長的一生，贏得了「沉重的時代冠冕」，當她一九六六年辭世之時，同時卸下的還有那頂放在她頭上的時代冠冕，詩人終於獲得久違的平靜。當然，隨著二十世紀被拋到歷史潮流之外，新世紀的讀者或許不明瞭阿赫瑪托娃詩裡訴說的時代不安，但是仍舊喜愛她的情詩，喜愛詩人在玲瓏的詩歌天地間訴說著有情人的愛恨離別。

阿赫瑪托娃的簽名。

莫斯科市區普希金劇院的窗

莫斯科市區托爾斯泰故居的窗